Vente des Vendredi 3 & Samedi 4 Février 1888

HOTEL DROUOT. — SALLE N° 4

CATALOGUE

DE

BEAUX LIVRES

ANCIENS ET MODERNES

OUVRAGES A FIGURES DU XVIIIe SIÈCLE. — ÉDITIONS DE LUXE.
ROMANTIQUES. — ELZÉVIRS FRANÇAIS. — ARCHITECTURE.
ÉDITIONS ORIGINALES D'AUTEURS CONTEMPORAINS.

PROVENANT DE LA

BIBLIOTHÈQUE DE M. A. C. DE P. L.

Molière, fig. de Moreau, 1773. EXEMPLAIRE EN MAROQ. ROUGE. (*Rel. anc*). — **Les Après-Soupers**, 6 vol. — **Petits Conteurs**, (*Rel. de Trautz-Bauzonnet*). — **Melle de Maupin** — **Le Rouge et le Noir.** — **La Chartreuse de Parme**. Editions Conquet. Exemplaires sur Japon. (*Rel. en maroq. doublé de Cuzin*). — **Fables de La Fontaine,** 4 vol, in-fol., mar. rouge, fig. d'Oudry. — **Goya Caprichios**. — **Heptaméron,** 1780-81. — **Decaméron**, 1757, 5 vol. fig. de Gravelot. (*Maroq. rouge.*) — **Musset,** 10 vol. Exemplaire en grand papier. — **Fénelon, Télémaque,** fig. de Marillier AVANT LA LETTRE. — **La Célestine,** édit. de 1599, *maroq. doublé.* — **L'Œuvre de Jehan Foucquet**. — **Monument du Costume de Moreau et Freudeberg**. Edition Conquet sur Japon, — **Contes de La Fontaine.** Edition des fermiers Généraux. — etc. etc.

PARIS

A. DUREL, LIBRAIRE

21, RUE DE L'ANCIENNE-COMÉDIE, 21

9 ET 11, PASSAGE DU COMMERCE, 9 ET 11

1888

Arras. — Imp Vve Schoutheer-Dubois, rue des Trois-Visages, 53.

CATALOGUE

D'UNE COLLECTION

DE BEAUX

LIVRES ANCIENS

ET MODERNES

PROVENANT DE

LA BIBLIOTHÈQUE DE M. A. C. DE P. L.

LA VENTE AURA LIEU

Les Vendredi 3 & Samedi 4 Février 1888

A deux heures très-précises du soir

HOTEL DES COMMISSAIRES-PRISEURS, RUE DROUOT

(Salle nº 4, au premier étage.)

Par le Ministère de Mᵉ MAURICE DELESTRE, Commissaire-Priseur,

Rue Drouot, 27.

Assisté de M. A. DUREL, Libraire

21, rue de l'Ancienne-Comédie, 9 et 11, passage du Commerce

CONDITIONS DE LA VENTE

La vente se fait au comptant.

Les acquéreurs payeront 5 p. 100 en sus des enchères, applicables aux frais.

Les Livres devront être collationnés sur place dans les vingt-quatre heures de l'adjudication. Passé ce délai, ou une fois sortis de la salle de vente, ils ne seront repris pour aucune cause.

M A. DUREL, **chargé de la vente, remplira les commissions des personnes qui ne pourraient y assister.**

M. A. DUREL, se réserve la faculté de réunir et de vendre en un seul lot tels articles du catalogue qu'il jugera utile à l'intérêt de la vente.

Catalogue Mensuel. — *N° 133 bis.*

JANVIER 1888

CATALOGUE

DE

BEAUX LIVRES

ANCIENS ET MODERNES

OUVRAGES A FIGURES DU XVIIIe SIÈCLE. — ÉDITIONS DE LUXE. ROMANTIQUES. — ELZÉVIRS FRANÇAIS. — ARCHITECTURE. ÉDITIONS ORIGINALES D'AUTEURS CONTEMPORAINS.

PROVENANT DE LA

BIBLIOTHÈQUE DE M. A. C. DE P. L.

Molière, fig. de Moreau, 1773. EXEMPLAIRE EN MAROQ. ROUGE. (*Rel. anc*). — **Les Après-Soupers**, 6 vol. — **Petits Conteurs**, (*Rel. de Trautz-Bauzonnet*). — **Melle de Maupin** — **Le Rouge et le Noir**. — **La Chartreuse de Parme**. Editions Conquet. Exemplaires sur Japon. (*Rel. en maroq. doublé de Cuzin*). — **Fables de La Fontaine**, 4 vol, in-fol., mar. rouge, fig. d'Oudry. — **Goya Caprichios**. — **Heptaméron**, 1780-81. — **Decaméron**, 1757, 5 vol. fig. de Gravelot. (*Maroq. rouge.*) — **Musset**, 10 vol. Exemplaire en grand papier. — **Fénelon**, **Télémaque**, fig. de Marillier AVANT LA LETTRE — **La Célestine**, édit. de 1599, *maroq. doublé*. — **L'Œuvre de Jehan Foucquet**. — **Monument du Costume de Moreau et Freudeberg**. Edition Conquet sur Japon. — **Contes de La Fontaine**. Edition des fermiers Généraux. — etc etc.

PARIS

A. DUREL, LIBRAIRE

21, RUE DE L'ANCIENNE-COMÉDIE, 21

9 ET 11, PASSAGE DU COMMERCE, 9 ET 11

1888

ORDRE DES VACATIONS

PREMIÈRE VACATION

Vendredi 3 Février 1888

NUMÉROS . . . . 1 à 153

SECONDE VACATION

Samedi 4 Février 1888

NUMÉROS. 280 à 300
— . . . . 200 à 279
— . . . . 154 à 199

CATALOGUE

D'UNE COLLECTION

DE BEAUX

LIVRES ANCIENS & MODERNES

PROVENANT DE LA

BIBLIOTHÈQUE DE M. A. C. de P. L.

---

1. ABOUT (Edm.). Le Roi des Montagnes, dessins de Charles Delort, gravés par Mongin. *Paris, Jouaust*, 1883, in-8, demi-rel. dos et coins de mar. vert, tête dor., n. rog., couv. (*Champs*).

   L'un des 25 exemplaires tirés sur papier Whatman, avec les eaux-fortes en double état, avant et avec la lettre, et auquel on a ajouté une LETTRE AUTOGRAPHE DE L'AUTEUR.

2. ALBUM de 12 photographies d'après les dessins de M. Lalanne, sur le Siége de Paris, gr. in-8 et in-4 en feuilles, dans un carton.

3. AMBERT (Joach.) Esquisses historiques des différents Corps qui composent l'Armée française. Dessiné par Ch. Aubry. *Saumur, A. Degouy, s. d.* (1835), gr. in-fol. pl. (16), demi-rel. chag. r., tête dor., éb., couv.

4. ARIOSTO (Lodovico). Orlando furiosa. *Parigi, appresso, Fantin*, 1803-1804, 4 vol. in-4, pap. vél., portr. et fig., demi-rel., dos et coins de mar. r., tête dor., n. rog.

   Exemplaire auquel on a ajouté une suite de 57 figures, de Eisen Moreau, Cochin, Greuze, Cipriani, etc.

5. ATLAS PHILIP'S, Imperial Library Atlas, a series of new and authentic maps, engraved from original drawings, compiled from national surveys and the Wlorks of eminent Travellers and Explorers, edited by William Hu-

ghes, accompanied by A valuable index of reference. *London, G. Philip.* 1870. gr. in-fol. cartes color. (51), demi-rel. dos et coins de cuir de Russie, pl. toile, tr. dor.

6. AUGICOUR (Cte J.-H.P. d'). Le prêtre marié, précédé d'une préface de M. Ch. Nodier. *Paris, Urbain Canel*, 1833, in-8, cart. dem.-maroq. vert, éb.

Edition originale.

7. AUGIER (Emile). Les Pariétaires, poésies. *Paris, Lévy*, 1855, in-18, br.

Edition originale, avec la couverture.

8. AUGIER (Emile). Paul Forestier, comédie en quatre actes, en vers. *Paris, Lévy*, 1868, in-8, broché.

Edition originale, avec la couverture.

9. AUGIER (E.) et Ed. FOUSSIER. Les Lionnes pauvres, pièce en cinq actes, en prose. *Paris*, 1858, in-12, br.

Edition originale, avec la couverture.

10. AUTREFOIS, ou le bon vieux temps, types français du XVIIIe siècle. Texte par MM. Ph. Audebrand, Roger de Beauvoir, E. de Labédollière, Ad. Boucher, Aug. Challamel, etc., vignettes par Tony Johannot, Th. Fragonard, Gavarni, etc. *Paris, Challamel, s. d.* (1842), gr. in-8, nomb. vign. dans le texte et 40 sujets à part coloriés, chaque sujet est entouré d'un ornement genre XVIIIe siècle, cart. toile bleue, tr. dor., fers spéciaux. *(Cart. de l'Editeur.)*

11. BALZAC (H. de). Physiologie du Mariage, ou Méditations de philosophie éclectique, sur le bonheur et le malheur conjugal, publiées par un jeune célibataire. *Paris, Levavasseur et U. Canel*, 1830, 2 vol. in-8, demi-rel. dos et coins de mar. r., dos ornés, fil., n. rog. (*Allô*).

Edition originale. — Bel exemplaire

12. BALZAC (H. de). Physiologie du Mariage, ou Méditations de philosophie éclectique, sur le bonheur et le malheur conjugal, publiées par un jeune célibataire. *Paris, Levavasseur et U. Canel*, 1830, 2 vol. in-8, cart.

Edition originale.

13. BALZAC (H. de). Les Cent Contes drolatiques, colligez ès Abbaïes de Touraine et mis en lumière pour l'esbat-

tement des Pantagruelistes et non aultres. *Paris, Ch. Gosselin*, 1832-1837, 3 vol. in-8, demi-rel. dos et coins de chag. r., n. rog.

Edition originale.

14. BALZAC. Les Contes drolatiques, colligez ez abbayes de Touraine et mis en lumière pour l'esbattement des Pantagruélistes et aultres. Cinquiesme édition illustrée de 425 dessins par Gustave Doré. *Se trouve à Paris, ez Bureaux de la Société générale de la Librairie*, 1855, in-8, demi-rel. mar. r., dos orné, tête dor., n. rog.

Premier tirage des figures de Gustave Doré.

15. BALZAC (H. de). L'Excommunié, roman posthume (entièrement inédit). *Paris*, 1837, 2 vol. in-8, cart. perc. r., n. rog.

Edition originale.

16. BALZAC. Un Grand Homme de province à Paris, scènes de la vie de province, par H. de Balzac. *Paris, H. Souverain*. 1839, 2 vol. in-8, cart. demi-mar. rouge, n. rog.

Edition originale.

17. BALZAC (H. de). Les Ressources de Quinola, comédie en cinq actes, en prose et précédé d'un prologue. *Paris, Hipp. Souverain*, 1842, in-8, dem.-rel. maroq. r., n. rog.

Edition originale.

18. BALZAC (H. de). Catherine de Médicis expliquée. — Le Martyr Calviniste. *Paris, Hipp Souverain*, 1845, 3 vol. in-8, demi-rel. maroq., rouge foncé, n. rog.

Edition originale.

19. BALZAC (H. de). Honorine. *Paris, de Potter*, 1844-1845, 2 vol. in-8, cart. perc., n. rog. *(Pierson)*.

Edition originale, avec les couvertures.

20. BALZAC (H. de). Le Colonel Chabert. *Paris, Calmann Lévy*, 1886, in-18, broché couv.

Exemplaire auquel on a ajouté 1 portrait 1 en tête, 4 figures hors texte et 1 cul-de-lampe dessinés par Delort et gravés par Boisson.

21. BALZAC. Eugénie Grandet. Suite de huit pièces, dessinées par M. Dagnan-Bouveret et grav. à l'eau-forte par M. Le Rat, in-fol. en feuilles.

Epreuves d'artistes à l'état d'eaux-fortes, tirées à très petit nombre sur papier du Japon.

22. BANVILLE (Th. de). Les Stalactites. *Paris, Paulier*, 1846, in-8, demi-rel. dos et coins de maroq. vert olive, tête dor., n. rog.

Edition originale. Rare.

23. BARBEY D'AURÉVILLY (J.). Un prêtre marié. *Paris, A Faure*, 1865, 2 vol. in-12, demi-rel. dos et coins de mar. La Vall., fil., tête dor., n. rog. *(Champs).*

Edition originale.

24. BARBIER (Aug.). Satires et poèmes. *Paris, F. Bonnaire*, 1837, in-8, demi-rel., dos et coins de mar. bl., n. rog. *(Allô).*

Edition originale, avec la couverture remontée.

25. BARBIER (Aug.). Nouvelles Satires. *Paris, Masgana*, 1840, in-8, demi-rel. dos et coins de mar. r., tête dor., éb.

Edition originale.

26. BAUDELAIRE. Les Paradis artificiels. Opium et Haschisch, par Ch. Baudelaire. *Paris, Poulet-Malassis*, 1860, in-12, portrait, demi-rel. cuir de Russie, fil. coins, tête dor., non rog.

Exemplaire sur papier de Chine. Très rare.

27. BELLE ARMURIÈRE (La), ou un siège de Bayonne au Moyen âge. *Paris, G. Hurtrel*, 1886, in-12, fig., br., couv., dans un carton.

Un des 50 exemplaires sur papier à la Cuve.
Illustrations de Uzès, Lampuré, Rousseau, Gillot, Petit, Nordmann.

28. BÉQUET (Et.). Marie ou le mouchoir bleu. Notice littéraire par Ad. Ragot, 6 compositions par de Sta, grav. par Abot. *Paris, L. Conquet*, 1884, in-16, br.

L'un des 200 exemplaires sur grand papier vélin renfermant 3 états des eaux-fortes, eau-forte pure, avant la lettre et avec la lettre.

29. BERNARD (P.-J.). Œuvres ornées de gravures d'après les dessins de Prud'hon, la dernière estampe gravée par lui-même. *Paris, P. Didot l'aîné*, 1797, in-4, fig., dem.-rel. v. f.

30. BERQUIN. Pygmalion, scène lyrique de J.-J. Rousseau, illustrations de Moreau le Jeune, suivi d'une Idylle par Berquin, vign. de Marillier, Réimpression textuelle sur l'édition originale de 1775. *Paris, J. Lemonnyer*, 1883,

pet. in-4, demi-rel., dos et coins de maroq. vert foncé, tête dor., n. rog., couv. ill.

L'un des 375 exemplaires sur papier vergé de Hollande, avec une deuxième suite de vignettes, tirée en bistre.

31. BEROALDE DE VERVILLE. Le moyen de parvenir, œuvre contenant la raison de tout ce qui a esté, est et sera. Avec démonstrations certaines et nécessaires, selon la rencontre des effets de vertu... *Imprimé cette année*, pet. in-12 de 439 pages, mar. orange jans., dent. int., tr. dor. *(Reymann.)*

Willems, nº 1960 : Hauteur 115 millim.

32. BEROALDE DE VERVILLE. Le moyen de parvenir. Œuvre contenant la raison de ce qui a esté, est et sera avec démonstrations certaines selon la rencontre des effets de vertu. *Paris, L. Willem*, 1870-1872, 2 tomes en un vol. pet. in-8, fig., demi-rel., dos et coins de maroquin orange, dos orné, fil., tête dor., n. rog. *(Smeers.)*

Bel exemplaire sur papier de Chine. Cet ouvrage, imprimé à petit nombre, aux frais et pour le compte des souscripteurs, n'a pas été mis en vente.

33. BÉROALDE DE VERVILLE. Le moyen de parvenir... Nouvelle édition, collationnée sur les textes anciens, avec notes, variantes, index, glossaire et notice bibliographique par un Bibliophile campagnard. *Paris, L. Willem*, 1870-72, 2 vol. — Contes en vers imités du Moyen de parvenir, par Autreau, Dorat, Grécourt, La Fontaine, Valcour, Regnier, etc., avec les imitations de M. le comte de Chevigné et celles d'Epiphane Sidredoulx, publ. par un membre de la Société des Bibliophiles gaulois. *Paris, L. Willem*, 1874, 1 vol. Ensemble 3 vol. in-8, vignettes, demi-rel. mar. vert, tête dor., n. rog., couv. *(Champs et Pougetoux.)*

Ces ouvrages imprimés à petit nombre, n'ont pas été mis en vente.

34. **BILLARDON DE SAUVIGNY. Les Apres-Soupers de la Société,** petit théâtre lyrique et moral. *A Sybaris et à Paris, chez l'auteur*, 1782-1783, 23 part. en 6 vol. in-18, mar. vert, dos ornés, fil. dent. int., tr. dor. *(Cuzin.)*

28 figures par Eisen, Binet et Martinet, grav. par Aliamet de Launay, de Longueil, etc., musique gravée.
Livre recherché et dont les figures sont originales et finement gravées.
Bel exemplaire.

35. **BOCCACE**. **Le Décaméron** de Jean Boccace (traduit par L. Maçon. *Londres (Paris)*, 1757, 5 vol. in-8, fig., mar. rouge, dos ornés, fil., dent. int., tr. dor. *(Allô.)*

5 frontispices, 1 portrait, 110 fig. et 97 culs-de-lampe, par Gravelot, Boucher, Cochin et Eisen, grav. par Aliamet, Baquoy, Lemire, Saint-Aubin, Tardieu, etc.

36. BRASSEY (MM.). Voyages d'une famille à travers la Méditerranée à bord de son yacht le *Sunbeam*, racontés par la mère, trad. de l'anglais par J. Butler, ouvrag. illustré de 130 dessins par Hon., A. Y. Bingham et de 2 cartes en couleur. *Paris, Dreyfous, s. d.*, gr. in-8 en carton.

L'un des 5 exemplaires tirés sur papier de Chine.

37. BRAZIER (N.). Chroniques des Petits Théâtres de Paris, depuis leur création jusqu'à ce jour. *Paris, Allardin*, 1837, 2 vol. in-8, br.

Avec les couvertures. Rare.

38. BRULLIOT (Fr.). Dictionnaire des monogrammes, marques figurées, lettres initiales, noms abrégés, etc.... *Munich, Cotta*, 1832-34, 3 part. en 1 vol. in-4, demi-rel. mar. vert, tr. marb.

Rare.

39. **CAHIER** (le P. Ch.). Nouveaux mélanges d'archéologie d'histoire et de littérature sur le Moyen-Age. Curiosités mystérieuses. *Paris, F. Didot*, 1874, in-4, fig. dans le texte et pl. hors texte, demi-rel. dos et coins de mar. r., tête dor., éb.

40. CAMPARDON (E.). Nouvelles pièces sur Molière et sur quelques comédiens de sa troupe. *Paris*, 1876, pet. in-8, broché.

Tiré à 312 exemplaires, épuisé.

41. CAMPARDON (E.). Les Prodigalités d'un fermier général, complément aux Mémoires de Mme d'Epinay, par Emile Campardon. *Paris, Charavay*, 1882, pet. in-8, cart. satin, n. rog.

Exemplaire sur papier de Chine.

42. CAMPARDON (E.). Un Artiste oublié, J.-B. Massé, peintre de Louis XV, dessinateur, graveur, documents inédits. *Paris, Charavay frères*, 1880, in-8, cart. en satin, n. rog.

Exemplaire sur papier de Chine.

43. CARLIER (Théodore). Etudes. *Paris, A. Cordier et J.*

Ledoyen, 1838, in-8, demi-rel. dos et coins de mar. bl., dos orné, fil., tête dor., n. rog. *(Durvand-Thivet.)*

Edition originale. — Bel exemplaire.

44. CELESTINA. Tragi-comedia de Calisto y Melidea (*Anvers*), *ex officina Plantiniana*, 1599, in-12, mar. vert jans., doublé de maroquin rouge, dent. int., tr. dor. *(Hardy.)*

Edition très rare. Raccommodage à un feuillet.

45. CHAMPLEURY. Le Violon de faïence, nouvelle édition illustrée de 34 eaux-fortes de Jules Adeline, avant-propos de l'auteur. *Paris, L. Conquet*, 1885, in-8, br., couv. ill.

Exemplaire sur papier vélin du Marais à la forme.

46. CHAPELAIN. La Pucelle, ou la France délivrée, poëme héroïque. *Paris, Courbe*, 1656, in-fol., portr., vign. et fig., v. marb., dos orné, fil., tr. dor.

47. CHARAVAY (Étienne). A. de Vigny et Charles Baudelaire, candidats à l'Académie française. *Paris, Charavay frères*, 1879, in-8, cart. satin, non rog.

Exemplaire sur papier de Chine, rare.

48. CHATEAUBRIAND (Lucile de). Ses Contes, ses poèmes, ses lettres, précédés d'une étude sur sa vie, par Anatole France. *Paris, Charavay frères*, 1879, in-8, cart. satin, non rog.

Exemplaire sur papier de Chine.

49. CHÉNIER (André). Œuvres anciennes et posthumes mises en ordre par D. Ch. Robert, augmentées d'une notice historique, par H. Delatouche. *Paris*, 1826, 2 vol. in-8, dos et coins de maroq. r., tête dor., éb. *(Manque le titre des œuvres anciennes.)*

Exemplaire en grand papier auquel on a ajouté une collection de 49 portr. et de gravures sur Chine.

50. **CHOIX DE PORTRAITS DE PERSONNAGES FRANÇAIS** de la Cour des Rois François Ier, Henri II et François II, par Clouet, autolithographiés d'après les originaux conservés au Château de Hovvard par Lord Ronald Govver. *Londres et Paris*, 1882, 2 vol. in-folio en cartons.

Recueil de 262 portraits.

51. CLADEL (Léon). Ompdrailles le Tombeau-des-Lutteurs, avec 16 eaux-fortes hors texte et 7 dans le texte par Rodolphe Julian. *Paris, Cinqualbre*, 1879, gr. in-8, demi-rel. dos et coins de mar. bl., tête dor., n. rog., couv.

52. CLARETIE (J.). Petrus Borel le Lycanthrope, sa vie, ses écrits, sa correspondance, poésies et documents inédits. Frontispice à l'eau-forte, avec portrait de Ulm. *Paris, Pincebourde*, 1865, in-16, pap. de Hollande, cart. demi-maroq. rouge, non rog. (*Raparlier.*)

53. COLERIDGE (Samuel). The rime of the ancient Mariner, illustrated by Gustave Doré. *London, D. Gallery*, 1876, in-fol., cart. toile r., fers spéciaux, texte et pl., mont. sur onglets.

54. **COLLECTION DES PETITS CONTEURS DU XVIIIe SIÈCLE**, publiée avec notices bio-bibliographiques, par Octave Uzanne. *Paris, Quantin*, 1878-1881, 12 vol. in-8, portr. fac-simile d'autographe, en-têtes et culs-de-lampe à l'eau-forte, demi-rel. dos et coins de mar. bl., dos ornés, fil., tête dor., n. rog. couv. (*David.*)

Bel exemplaire, auquel on a ajouté une double suite des eaux-fortes, épreuves sur Japon, en noir avec la lettre et en sanguine avant la lettre.

55. COMMINES (Ph. de). Les Mémoires de messire Philippe de Commines, sieur d'Argenton. Dernière édition. *Leide, chez les Elzeviers*, 1648, pet. in-12, titre gravé, mar. La Vall., dos orné, fil., dent. int., tr. dor. *(Cuzin.)*

Willems, n° 634 : Hauteur 130 millim.

56. **COMMINES.** Les Mémoires de messire Philippe de Commines, S^r d'Argenton. Dernière édition. *A Leide, chez les Elzeviers*, 1648, pet. in-12, front. gravé, mar. r., dos orné, tr. dor. *(Rel. anc.)*

Rare en reliure ancienne. Willems n° 634. Hauteur : 130 millim.

57. COMPLAINTE et Enseignements de Françoys Garin (nouvelle édition, publiée par Durand de Lançon). *Paris, de l'imprimerie de Crapelet*, 1832, pet. in-4, pap. vergé, dos et coins de veau viol., n. r.

Réimpression gothique, tirée à quelques exemplaires seulement.

58. COSTER (Ch. de). Légendes flamandes, illustrées de douze eaux-fortes par Adolf Dillens, Charles de Groux, etc. et précédées d'une préface par Em. Deschanel. *Paris, Michel Lévy frères*, 1858, in-8, d.-rel. cuir de Russie, tête dor., n. rog.

59. COSTUMES DU XVIIIe SIÈCLE, tirés des Prés-Saint-Gervais, avec l'autorisation de MM. Sardou, Ph. Gille et Ch-Lecocq, 20 eaux-fortes de A. Guillaumot fils, d'après les dessins de M. Draner. *Paris, Rouquette*, 1874, gr. in-4, demi-rel. perc., n. rog., pl. montées sur onglets.

60. COSTUMES DU DIRECTOIRE, tirés des Merveilleuses avec une lettre de M. V. Sardou, 30 eaux-fortes de A. Guillaumot fils, avec un portrait de M. V. Sardou, dessins de MM. Eug. Lacoste et Draner, d'après les estampes du temps. *Paris. Rouquette*, 1875, gr. in-4, demi-rel. perc., gren., n. rog., pl. mont. sur onglets.

61. COURCELLES (M[ise] de), *née Marie-Sidonia de Lénoncourt*. Mémoires et Correspondance précédés d'une Histoire de sa vie et de son procès, revue et augmentée d'après des documents inédits par C.-H. de S. D. *Paris.Académie des Bibliophiles*, 1869, in-8, papier vergé, demi-rel., dos et coins de mar. bl., tête dor., n. rog., couv.

Tirage à 432 exemplaires numérotés.

62. CRÉDO de sire de Joinville (Publié par la Société des bibliophiles françois). *Paris, Firmin Didot, frères*, 1837, pet. in-4 de 34 ff., dont 14 de fac-simile, demi-rel., dos et coins de v. bleu, dos orné, fil., n. rog.

Exemplaire tiré sur PEAU DE VÉLIN, pour M. le chevalier Artaud de Montor.

63. DAMHOUDÈRE. Praxis rerum Civilium. *Anvers*, 1569, 1 vol. in-4, maroq. rouge, dent. int., tr. dor. (*Thibaron-Joly*).

Bel exemplaire de cet ouvrage rare et recherché à cause des figures sur bois très curieuses dont il est orné.

64. DANDRÉ-BARDON. Costumes des anciens peuples. *Paris, Ant. Jombert*. 1772-74, 2 vol. in-4, front., portr. et planches, v. gr., dos ornés, fil.

65. DAUDET (Alph.). Fromont jeune et Risler ainé. Mœurs parisiennes, notice littéraire par G. Geffroy, 12 compositions de Em. Bayard, gravées à l'eau-forte par J. Nassard. *Paris, L. Conquet*, 1885, 2 vol. pet. in-8 papier vélin du Marais à la forme, br.

Tirage à 500 exemplaires numérotés à la presse.

66. **DAUDET** (Alph.). Le Nabab. Mœurs parisiennes. *Paris, Charpentier*, 1877, in-12, demi-rel., dos et coins de mar. bl., tête dor., n. rog. (*Champs*).

Edition originale.
L'un des 75 exemplaires numérotés sur papier de Hollande.

67. DAUDET (Alph.). Numa-Roumestan. Mœurs parisiennes. *Paris, Charpentier*, 1881, in-12, br.

Edition originale, avec la couverture.
L'un des 275 exemplaires numérotés sur papier de Hollande.

68. DAUDET (Alph.). Les Rois en exil, roman parisien. *Paris, Dentu*, 1879, in-12, demi-rel., dos et coins de mar. bl., tête dor., n. rog., couv. *(Champs)*.

Edition originale, exemplaire sur papier de Hollande.

69. DAUDET (Alph.). Le Roman du Chaperon-Rouge, scènes et fantaisies. *Paris, Michel Lévy frères*, 1862, in-12, br.

Edition originale, avec la couverture.

70. DAUDET (Alph). Sapho. Mœurs parisiennes. *Paris, Charpentier*, 1884, in-12, br.

Edition originale, avec la couverture.
L'un des 40 exemplaires numérotés sur papier du Japon.

71. **DELILLE**. L'Homme des Champs, ou les Géorgiques françoises, par Jacques Delille. *A Basle, chez Jacques Decker, de l'imprimerie de Levrault, à Strasbourg*, 1800, pet. in-8, maroq. bleu, jans. dent. int., tr. dor. *(Cuzin)*.

Bel exemplaire sur papier vélin, avec les 4 jolies figures de Guérin, *avec et avant la lettre*, la légende imprimée sur papier de soie.

72. DELVAU (Alf.). Les Heures parisiennes, 25 eaux-fortes d'Emile Benassit. *Paris, Librairie Centrale*, 1866, 1 vol. gr. in-18, portrait, maroq. vert, fil., dos orné, dent. int., tête dor., non rog.

73. DELVAU (Alf.). Lettres de Junius. *Paris. Dentu*, 1862, in-12, cart. demi-rel., dos et coins de mar. r., n. rog. couv.

Edition originale.

74. DENON (Vivant). Voyage dans la basse et haute Egypte, pendant les campagnes du général Bonaparte. *Paris, imp. de P. Didot, l'aîné, an X*, 1802, 1 vol. in-4 de texte et 1 vol. gr. in-fol. de planches, demi-rel. chag. vert, dos orné.

75. DESCRIPTION des objets d'art qui composent la collection Debruge-Dumenil, précédée d'une introduction historique par J. Labarte. *Paris, V. Didron*, 1847, gr. in-8, vignettes, demi-rel., dos et coins de chag., n. rog.

76. DEYEUX. La Chassomanie, poème par Deyeux, compositions de Alf. de Dreux, Beaume, Forest, Foussereau, Provost, Valerio. *Paris*, 1856, in-8 jésus, fig., demi-rel., maroq. vert, non rog.

Exemplaire auquel on a ajouté l'affût de Gavarni et 33 figures.

77. **DIDEROT. Jacques le fataliste et son maître**, 12 dessins de Maurice Leloir, gravés à l'eau-forte par Courtry, de Los Rios, Mongin, Teyssonnières. *Paris, imprimé pour les Amis des livres, par G. Chamerot*, 1884, gr. in-8, mar. gren. jans., dent. int., tr. dor., couv., étui. *(Chambolle-Duru)*.

L'un des 138 exemplaires imprimés pour la Société des amis des livres, sur papier du Japon, avec les eaux-fortes en double état.

78. DIDEROT (Denis). Le Neveu de Rameau, satire, revue sur les textes originaux et annotée par Maurice Tourneux, portrait et illustrations par F.-A. Milius. *Paris, Rouquette*, 1884, in-8, br.

L'un des 350 exemplaires sur papier vergé, numérotés, contenant les illustrations en double état, avant la lettre et avec la lettre.

79. DIDEROT. Suite de 8 eaux-fortes dont 1 portr. dess. et grav. par Milius, pour illustrer le Neveu de Rameau. *Paris, Rouquette*, in-4, en feuilles, dans un carton.

L'un des 25 exemplaires sur papier de Hollande, épreuves terminées.

80. DOLET. Stephani Doleti. Dialogus de imitatione Ciceroniana, adversus Desiderium Erasmum Roterodamum, pro Christophoro Longolio. *Lugduni. Séb. Gryphium*, 1535, in-4, mar. r., dos orné, fil., tr. dor. (*Rel. anc.*).

81. **DORAT**. Fables nouvelles. *La Haye et Paris, Delalain*, 1773, 2 tomes en 1 vol. in-8, fig. mar. vert, dos orné, fil., dent. int., tr. dor. (*Hardy-Mennil)*.

2 frontispices portant *Fables*, par Marillier, gr. par de Ghendt ; 1 fig. de Marillier. gr. par Delaunay, 1 fleuron, 99 vign. et 99 culs-de-lampe de Marillier, gr. par Arrivet, Baquoy, Delaunay, Longueil, Ponce, etc.
Exemplaire en grand papier de Hollande.

82. DROZ. Infortunes conjugales ou Trois Maris. *Paris. Moutardier*, 1833, in-8, cartonnage artistique, non rogné.

83. DROZ (Gust.). Monsieur, Madame et Bébé. Edition illustrée par Edm. Morin et ornée d'un portr. de l'auteur en frontispice, gravé par Léop. Flameng. *Paris, V. Havard*, 1878, gr. in-8, br., couv. ill.

L'un des 150 exemplaires sur papier de Hollande.

84. DUHAMEL du MONCEAU. Traité des Arbres fruitiers, contenant leur figure, leur description, leur culture, etc. *Paris, Saillant*, 1768, 2 vol. in-4, fig., mar. r., dos ornés, large dent. sur les plats, tr. dor. (*Rel. anc*).

85. **DUMAS fils** (A.). La dame aux Camélias, préface par J. Janin. *Paris, Michel Lévy frères*, 1872, in-8, demi-rel., dos et coins de maroq. rouge, tête dor., n. rog.

Exemplaire sur papier de Hollande, auquel on a ajouté la suite des eaux-fortes de Los Rios, épreuves avant la lettre.

86. DUMAS fils (A.). Denise, pièce en quatre actes. *Paris, Calmann Lévy*, 1885, in-8, broché.

Edition originale.
Un des 75 exemplaires sur grand papier de Hollande.

87. DUMAS fils (A.). Histoire du Supplice d'une femme. Réponse à M. Emile de Girardin. *Paris, Michel Levy frères*, 1865, in-8, cart. perc. or., n. rog. *(Pierson).*

Edition originale, avec la couverture.

88. DUMAS fils (A.). La Princesse de Bagdad, pièce en trois actes. *Paris*, 1881, in-8, br.

Edition originale, avec la couverture.

89. DUMAS fils (A.). La Question d'argent, comédie en cinq actes, en prose. *Paris, Charlieu*, 1857, in-12, br., couv.

Edition originale, avec la couverture.

90. **DU NOYER** (Mme). L'Histoire du Sieur Abbé-Comte de Bucquoy singulièrement, son évasion du For-L'Evêque et de la Bastille avec prélim. et appendice biographiques et bibliographiques. Frontispice à l'eau-forte. *Paris, Pincebourde*, 1866, in-16, pap. de Hollande, cart., demi-maroq. rouge, non rog. *(Raparlier).*

91. EAUX-FORTES MODERNES publiées par la Société des Aqua-Fortistes. Introduction par Th. Gautier. *Paris, Cadart, et Luquet*, 1862-1863, gr. in-fol., fig., cart. toile, non rog.

60 Eaux-fortes par MM. Bracquemond, Jacquemart, Lalanne, Laurens, Gaucherel et autres.
Epreuves avant la lettre.

92. ESTIENNE (Henri). Traicté de la conformité du langage françois avec le Grec, divisé en trois livres... Avec vne préface remonstrant quelque partie du désordre et abus qui se commet aujourd'huy en l'vsage de la langue françoise. En ce traicté sont descouuerts quelques secrets tant de la langue grecque que de la française : duquel l'auteur et imprimeur est Henri Estienne, fils de feu Robert Es-

tienne. *S. l. n. d.,marque de H. Estienne*, pet. in-8 de 16 ff. prélim. et 159 pp., mar. bl. jans., dent. int., tr. dor. (*Trautz-Bauzonnet*).

Edition originale de ce traité fort curieux. Elle a été imprimée à Genève, en 1565, au plus tard. *Brunet, t. II, col.* 1075.

93. EVANGILES (Les Saints), traduction de Le Maistre de Saci. *Paris, Imprimerie Impériale*,, 1862, in-fol., fig., en-têtes et culs-de-lampe, br., couv. impr.

94. **ÉVANGILES** (Les Saints), traduction tirée des Œuvres de Bossuet, par H. Wallon, enrichie de 128 grandes compositions gravées à l'eau-forte d'après les dessins originaux de Bida... *Paris, Hachette et Cie*, 1873, 2 vol. gr. in-fol. en cartons.

95. FAVRE (de). Les Quatre Heures de la Toilette des Dames, poème érotique en quatre chants orné de belles figures en taille-douce, par Leclerc. *Paris, J. Lemonnyer*, 1883, gr. in-8, demi-rel., dos et coins de maroq. rouge, tête dor., n. rog.

96. FEUILLET (Oct.). Un Bourgeois de Rome, comédie en un acte en prose. *Paris, P. Masgana*, 1845, in-12, br.

Edition originale avec la couverture.

97. FEUILLET (O.). Julia de Trécœur. *Paris, Calmann Lévy*, 1885, in-18, br.

Exemplaire auquel on a ajouté, 1 frontispice et 14 vignettes dessinés par Henriot, gravés par Clapès.

98. FEUILLET (Oct.). Le Roman d'un jeune homme pauvre, comédie en cinq actes et sept tableaux. *Paris, M. Lévy, frères*, 1859, in-12, cart., perc. orange, n. rog. (*Pierson*).

Edition originale.

99. **FÉNELON. Les Aventures de Télémaque**, fils d'Ulysse, par M. de Fénelon. *A Paris, de l'Imprimerie de Franç.-Amb. Didot l'aîné*, 1783, 2 vol. gr. in-4, mar. rouge, dos orné, fil., dent. int., tr. dor. (*Reliure signée : Derôme le jeune.*)

Très bel exemplaire.

100. **FÉNELON. Les Aventures de Télémaque**, fils d'Ulysse, par M. de Fénelon. *Paris, de l'imprimerie de Crapelet, an IV* (1796). 2 vol. in-8, demi-veau, non rog.

Exemplaire sur papier velin, avec le portrait et les 24 figures de Marillier, ÉPREUVES AVANT LA LETTRE.

101. **FOË. La Vie et les Aventures surprenantes de ROBINSON CRUSOÉ**, traduit de l'anglais (par Sainte-Hyacinthe et Van Effen). *Amsterdam, Lhonoré et Chatelain*, 1720-1721, 3 vol. in-12, fig., mar. r., dos ornés, fil., tr. dor. (*Rel. anc.*)

Edition originale.

1 fleuron (*le même*) sur le titre de chaque volume. 1 front., 1 carte à chaque volume et 21 fig. par B. Picart, dont une seule signée. Les pages 131 à 134 du t. Ier ont été refaites à la main.

Exemplaire aux armes de Mme la Comtesse d'Artois.

102. **FOUCQUET** (J.). Œuvre de Jehan Foucquet. Heures de Maistre Estienne Chevalier, texte restitué par M. l'abbé Delaunay. *Paris, L. Curmer*, 1866, 2 vol. in-4, fig., cart. toile r., n. rog.

Magnifique ouvrage ; reproduction chromolithographique de l'original ; admirable exécution.

103. FRANKLIN (Alfred). La Sorbonne, les Origines, la Bibliothèque, les Débuts de l'Imprimerie à Paris et la succession de Richelieu, d'après des documents inédits. *Paris*, 1875, pet. in-8 broché, *couv. impr.*

Un des 35 exemplaires sur papier de Chine.

104. GABBIANI (Ant.-Domin. Vita di), descritta da Ign.-Enr. Hugford... *Firenza*, 1762. — Raccolta di cento pensieri di Ant.-Domen. Gabbiani, pittier fiorentino, fatti intagliare in rame da Ignazio Enrico Hugford... *Firenze*, 1762, ensemble 1 vol. in-fol., demi-rel., dos et coins de mar. gren., tête dor., n. rog., texte et pl., mont. sur onglets.

Recueil de 100 sujets gravés par G.-B. Galli, J.-B. Cipriani, Fr. Bartolozzi et autres.

105. **GAILHABAUD** (J.). L'Architecture du Ve au XVIIe siècle et les arts qui en dépendent, la Sculpture, la Peinture murale, la Peinture sur verre, la Mosaïque, la Ferronnerie, etc. *Paris, A. Morel*, 1869-1872, 4 vol. gr. in-4, pl. (401), gravées ou en couleur, avec texte, demi-rel., dos et coins de mar. r., tête dor., n. rog.

106. GALERIE HISTORIQUE des Acteurs français, Mimes et Paradistes qui se sont rendus célèbres dans les annales des scènes secondaires depuis 1760 jusqu'à nos jours pour servir de complément à la troupe de Nicolet, par E.-D. de Manne et C. Menestrier, ornée de portraits gravés à l'eau-forte par J.-M. Fugère. *Lyon, N. Scheuring*, 1877, in-8, papier vergé teinté, demi-rel., dos et coins de mar. bl., tête dor., n. rog., couv.

107. GALERIE HISTORIQUE des Comédiens français de la troupe de Voltaire, gravés à l'eau-forte, sur des documents authentiques, par H. Lefort, avec des détails biographiques inédits, recueillis sur chacun d'eux par E.-D. De Manne. *Lyon, N. Scheuring*, 1877, in-8, pap. vergé teinté, demi-rel., dos et coins de mar. bl., tête dor., non rog., couv.

108. GALLAND. **LES MILLE ET UNE NUITS**, contes arabes, réimprimés sur l'édition originale avec une préface de J. Janin, 21 eaux-fortes par Ad. Lalauze. *Paris, Librairie des bibliophiles*, 1881, 10 vol. in-8, demi-rel., dos et coins de mar. vert, couvertures, tête dor., n. rog.

L'un des 20 exemplaires sur papier de Chine avec les figures en double état.

109. GAUTIER (Théop.). La Comédie de la Mort. *Paris, Desessart*, 1838, gr. in-8, front. de Louis Boulanger, demi-rel., dos et coins de mar. r., dos orné de larmes et tête de mort, fil., tête dor., n. rog. (*Allô*).

Edition originale. — Bel exemplaire auquel on a ajouté un portrait chargé de Th. Gautier, gravé à l'eau-forte sur Chine volant.

110. **GAUTIER** (Th.). **Mademoiselle de Maupin**. Double amour, réimpression textuelle de l'édition originale. Notice bibliographique par Ch. de Lovenjoul. *Paris, L. Conquet et Charpentier*, 1883, 2 vol. gr. in-8, portr. et fig., mar. bleu, dos et pl., ornés de 14 fil. entrelacés, doublé de mar. orange, avec fil. et guirlandes de roses, dor. aux pet. fers, tr. dor., avec étui (*Cuzin*).

Superbe exemplaire tiré sur papier du Japon, contenant la suite des figures dess. par *Toudouze*, gr. par *Champollion*, épreuves en double état, avant et avec la lettre, et auquel on a ajouté les deux portraits et les quatre figures refusées.

111 GEMS OF EUROPEAN. Art the best pictures of the best schools, edited by S.-C. Haal. Esq. F. S. A. *London, John Virtue*, 1846, 2 vol. in-4, nombreuses gravures, demi-rel., dos et coins, veau vert.

Rare.

112. GÈRES (Jules de). Les premieres fleurs, poésies. *Paris, Magen et Comon*, 1840, in-18 carré, demi-rel., dos et coins de mar. br., dos orné, fil., tête dor., n. rog. *(Durvand-Thivet)*.

Edition originale.

113. **GILBRAY, THE WORKS OF JAMES GILBRAY** from the original plates, with the addition of many subjects not before collected. *London, G. Bohn, s. d.*, 2 vol.

gr. in-fol. de 582 & 45 caricatures, demi-rel., dos et coins de maroq. r., dos ornés, fil., tr. dor.

Bel exemplaire de cet ouvrage rare, auquel on a ajouté : *Historical and descriptive account of the caricatures of J. Gilbray. London*, 1851, in-8.

114. GIRARDIN (Mad. Em. de). L'École des Journalistes, comédie. *Paris, Dumont*, 1839, in-8, br.

Édition originale avec la couverture.

115. GIRARDIN (Em. de). Le Supplice d'une femme, drame en trois actes, avec une préface. *Paris, Michel Lévy frères*, 1865, in-8, perc., n. rog.

Édition originale.

116. GIULETTA et ROMEO. Nouvelle de Luigi da Porto, traduction, préface et notes par Henri Cochin. *Paris, Charavay frères*, 1879, in-8, fig. à l'eau-forte, cart. satin, non rog.

Exemplaire sur papier de Chine.

117. GODONNESCHE. Médailles du règne de Louis XV. *S. l. n. d. (Paris)*, pet. in-fol., v. marb.

Frontispice gravé par Cars, d'après F. Le Moyne, un cartouche pour le titre non signé et 52 feuilles entourées d'un encadrement historié, contenant les reproductions de médailles finement gravées, non signées. Armoiries sur les plats.

118. GŒTSCHY (Gust.). Les Jeunes Peintres Militaires, — de Neuville — Detaille — Dupray, préface de E. Bergerat. *Paris, Baschet*, 1878, in-fol., contenant plus de 600 croquis inédits, 10 grands dessins et 5 photogravures, demi-rel., dos et coins de chag. r., pl., toile, tête dor., n. rog.

L'un des 50 exemplaires tirés sur papier de Hollande.

119. **GONCOURT** (Edmond et Jules de). Idées et Sensations. *Paris, librairie internationale*, 1866, in-8, broché.

Édition originale avec la couverture.

120. GONCOURT (Edmond et Jules de). Madame Gervaisais. *Paris, librairie internationale*, 1869, in-8, br.

Édition originale avec la couverture.

121. GONCOURT (E. et J. de). Sophie Arnould d'après sa correspondance et ses mémoires inédits. *Paris, Dentu*, 1877, pet. in-4, portr. à l'eau-forte, texte encadré, rel. en satin à fleurs, non rog., couv.

Exemplaire sur papier Whatman. Tirage à petit nombre.

122. GOURDAULT (J.). L'Italie, description de toute la péninsule, depuis les passages alpestres inclusivement, jusqu'aux régions extrêmes de la Grande-Grèce, illustrée de 450 gravures sur bois. *Paris, Hachette*, 1877, gr. in-4, cart. toile gren., fers spéciaux, tr. dor.

123. **GOYA. Caprichos inventados** y grabados al agua forte, por Francisco Goya (*Madrid, vers* 1799), gr. in-4, cart., dos et coins de maroq. vert, non rog.

Recueil de 80 planches allegorico-satiriques, dessinées et gravées à l'eau-forte par Goya. Exemplaire de premier tirage.

124. GOYA (D. Franc.). Los Proverbios. Colleccion de diez y ocho laminas inventadas y grabados al agua fuerte por Don Francisco Goya. *Madrid*, 1864, gr. in-4 obl. fig. br., couv. papier.

125. GRESLOU (J.). Recherches sur la Céramique, suivies de marques et monogrammes des différentes fabriques. *Chartres, impr. de Garnier*, 1863, in-8 écu avec fig. dans le texte, demi-rel. dos et coins, maroq. bl., dos orné, fil., tête dor., non rog. *(Raparlier.)*

126. GUENOT (G.) et Ad. CHOQUART. Le Corridor du puits de l'Ermite. Contes de Sainte-Pélagie. *Paris, Amb. Dupont*, 1833, in-8, front., demi-rel., dos et coins de mar. r., dos orné, fil., tête dor., n. rog. (*Allô.*)

Edition originale. — Bel exemplaire.

127. GUICHARD (Ed.). Dessins de décoration des principaux Maîtres. Ouvrage orné de 40 pl. en taille-douce et en couleurs, avec notices par Ern. Chesneau. *Paris, Quantin*, 1881, in-fol. en carton.

128. **HALÉVY** (Lud.). Madame et Monsieur Cardinal, 12 vignettes par Edm. Morin. *Paris, Ch. Lévy, s. d.*, in-12, demi-rel., dos et coins de mar. bl., dos orné, fil., tête dor., n. rog.

L'un des 50 exemplaires numérotés sur papier de Hollande.

129. HALÉVY (L.). La Famille Cardinal. *Paris, Calmann Lévy*, 1883, in-18, br.

Exemplaire auquel on a ajouté, 1 frontispice et 8 vignettes dessinés par E. Mas, gravés par J. Massard.

130. HALÉVY (Lud.). Un Mariage d'amour. *Paris, C. Lévy*, 1881, in-12, demi-rel. mar. bl., tête dor., n. rog., couv.

Edition originale.

131. HARAUCOURT (Edm.). La Légende des sexes, poèmes Hystériques. *Imprimé à Bruxelles pour l'auteur* (1883), in-8, pap. vergé teinté, br., couv.

Tiré à 200 exemplaires numérotés et paraphés par l'auteur. Non mis dans le commerce.

132. **HEPTAMÉRON FRANÇAIS**, ou les Nouvelles de Marguerite, reine de Navarre. *Berne, Société typographique*, 1780-1781, 3 vol. in-8, fig. mar. vert, dos ornés, armes de la Reine sur les pl., dent. int., tr. dor. (*Allô*.)

Frontispices par *Dunker*, 73 fig. dess. par *Freudenberg*, gr. par *Halbou*, *Launay*, *Longueil*, etc., 72 vign. et 72 culs-de-lampe par *Dunker*. — Belles épreuves.

133. HISTOIRE DE LA BIBLIOPHILIE. Reliures, recherches sur les bibliothèques des plus célèbres amateurs. Armorial des Bibliophiles, publiée par J. Techener père et L. Techener fils, avec le concours d'une Société de Bibliophiles et accompagnée de planches gravées à l'eau-forte, par Jules Jacquemart. *Paris, Techener*, 1861-64, 10 livraisons gr. in-fol., 50 planches, en carton.

134. HISTORIAL (L') DU JONGLEUR. Chroniques et Légendes françaises, publiées par MM. Ferdinand Langlé et Émile Morice, ornées d'initiales, vignettes et fleurons imités des mss. originaux. Imprimé par Firmin Didot, pour Lami-Denozan, libraire. *Paris, F. Didot*, 1829, in-8, cart., n. rog. (*Cart. de l'éditeur*.)

135. HOUSSAYE (Ars.). Les Caprices de la Marquise, comédie, représentée à l'Odéon. *Paris*, 1844, in-12, broché.

Edition originale avec la couverture.

136. HOUSSAYE (A.). Histoire du 41e Fauteuil de l'Académie française, 20 portraits à l'eau-forte. *Paris, Dentu*, 1882, in-8, br.

Exemplaire sur papier de Hollande au lys.

137. HUGO (Victor). L'Archipel de la Manche. *Paris, C. Lévy*, 1883, in-8, cart., dos et coins, non rog. (*Carayon*.)

Edition originale. Exemplaire en grand papier, avec la couverture.

138. HUGO (V.). L'Expiation. *Paris, Dreyfous*, 1879, in-32, br., couv.

Exemplaire sur papier de Chine.

139. HUGO (Victor). Hernani, ou l'Honneur Castillan. Drame.

Paris, Mame et Delaunay-Vallée, 1830, in-8, cart. demi-mar. r., fil., n. rog. (*Lemardeley.*)

Edition originale avec la signature *Hierro* et la note aux comédiens.

140. HUGO (V.). LE ROI S'AMUSE. *Paris, Société de publications périodiques*, 1883, in-4, demi-rel., dos et coins de mar. citron, dos orné, fil., tête dor., non rog.

Publié à 200 francs, broché.
Exemplaire sur papier du Japon, de cette publication de grand-luxe. Eaux-fortes de J.-P. Laurens, Bayard, Merson, aquarelles de A. Marie, Lavastre, H Meyer, compositions de E. Bayard, croquis de Sargent, fac-simile, sépias de H. Meyer.

141. HUGO (Victor) Ruy Blas. *Paris, H. Delloye*, 1838, in-8, cart. demi-mar. r., fil., n. rog. (*Lemardeley.*)

Edition originale, avec la couverture.

142. HUGO (V.). Les Orientales. Suite de 11 Compositions de MM. Gérome et Benjamin Constant, grav. par de Los Rios, pour l'édition des Amis des Livres, in-fol. en feuilles.

Epreuves d'artiste à l'état d'eaux-fortes, tirées à très petit nombre sur papier du Japon.

143. IMITATION (L') de Jésus-Christ, traduction de Michel de Marillac, précédée d'une préface par Louis Veuillot. *Paris, Glady frères*, 1876, in-8, fig., vél. blanc, dos orné, fil., or, couv. étui (*Champs.*)

L'un des 30 exemplaires numérotés sur papier Whatman, avec les gravures en double épreuve, avant et avec la lettre.

144. ISABELLE. Parallèle des Salles rondes de l'Italie. *Paris, A. Lévy*, 1863, gr. in-fol., pl. cart.

145. JANIN (J.). Béranger et son temps, frontispice avec portrait à l'eau-forte de Staal. *Paris, Pincebourde*, 1866, 2 vol. in-16, pap. de Hollande, cart. demi-maroq. rouge, non rog. (*Raparlier.*)

146. LABORDE (De). CHOIX DE CHANSONS mises en musique, par M. de Laborde, gouverneur du Louvre, ornées d'estampes en taille douce. *Rouen, J. Lemonnyer*, 1881, 4 vol. gr. in-8, papier vergé de Hollande, demi-rel., dos et coins de mar. bl., dos ornés, fil., tête dor., n. rog., couv. (*P. Ruban.*)

Réimpression fac-simile sur l'édition de *Paris, de Lormel*, 1773, ornée du portrait de M. Laborde, dit *à la Lyre*, et du rarissime portrait en pied de Mme Laborde, par Denon.

147. **LA FONTAINE. Contes et nouvelles en vers** (édition publiée aux frais des Fermiers généraux, avec une notice par Diderot). *Amsterdam (Paris, Barbou)*, 1762, 2 vol. in-8, portr. gravés par *Ficquet*, fig. *d'Eisen* et culs-de-lampe de *Choffard*, mar. rouge, dos ornés, large dent. à pet. fers sur les pl., tr. dor. (*Rel. anc*)

Belles épreuves des figures, le portr. de *Choffard* est avant les tailles dans la bordure.

Exemplaire réglé.

148. LA FONTAINE. Contes, illustrations de Fragonard. Réimpression de l'édition de Didot, 1795, revue et augmentée d'une notice par M. Anatole de Montaiglon, 100 magnifiques estampes, la plupart d'après Fragonard. *Paris, Lemonnyer*, 1883, 2 vol. in-4, demi-rel., dos et coins de mar. vert, dos ornés, fil., tête dor., n. rog., couv. *(Ruban.)*

149. LA FONTAINE. Contes, avec illustrations de Fragonard. Réimpression de l'édition de Didot, 1795, revue et augmentée d'une notice par M. Anatole de Montaiglon. *Paris, J. Lemonnyer*, 1883, 2 forts vol. in-4 raisin, avec 100 magnifiques estampes, la plupart d'après Fragonard, en feuilles, avec des doubles titres, les tables et couvertures.

Exemplaire sur papier du Japon, avec une double suite des gravures, en noir et en bistre.

150. LA FONTAINE. Contes et Nouvelles en vers, ornés d'estampes d'Honoré Fragonard, Monnet, Touzé et Milius, gravées d'après les dessins originaux par Le Rat, Milius, Mongin et R. de Los Rios, édition revue et précédée d'une notice par Anatole de Montaiglon. *Paris, Rouquette*, 1883, 2 vol. in-8, demi-rel. dos et coins de mar. r., dos ornés, fil., tête dor., n. rog., couv.

L'un des 100 exemplaires tirés sur papier vergé français, contenant un double état de la suite des grandes eaux-fortes.

151. **LA FONTAINE. Fables choisies mises en vers** (avec la vie de l'auteur par M. de Monthenault). *Paris, Desaint et Saillant*, 1759, 4 vol. in-fol. portrait et fig. maroq. rouge, dos orné, fil., dent. int., tr. dor. (*Allô).*

Bel exemplaire en papier de Hollande. Portrait et 275 figures dess. par Oudry, grav. par Cochin, Tardieu, Pasquier, etc.

Belles épreuves.

152. **LA FONTAINE. Fables**, illustrées à l'eau-forte par A. Delierre. *Paris, A. Quantin*, 1883, 2 tomes en 4 vol. in-4, sur papier à la Cuve, 75 eaux-fortes et ornem. d'après Bérain, demi-rel. dos et coins de mar. gren., tête dor., n. rog., couv. (*Reymann*),

Exemplaire auquel on a ajouté :

1°. 2 Suites des 75 eaux-fortes, avant lettre, dont une sur papier du Japon, blanc, avant toute lettre (*Tiré à cinquante exemplaires.*)

2° 23 vignettes gravées à l'eau-forte par A. Delierre, tirées hors texte sur papier du Japon (*Pièces refusées*).

3° Portrait de La Fontaine, gravé à l'eau-forte en premier état, par A. Ethiou. — Le même, sur papier de Chine avant la lettre.

4°. Le même portrait, gravé à l'eau-forte avant la lettre sur Chine volant, par Le Rat.

5° Le même portrait d'après J. David, gravé par Choubard, sur Chine avant la lettre.

6°. Le même portrait gravé par Hopwood, sur Chine avant la lettre.

7° Suite de 50 eaux-fortes de Foulquier et 1 portrait sur papier de Chine volant.

8°. Suite de 72 eaux-fortes d'après Oudry, grav. par Courtry, Greux, Lemaire, Le Rat, etc., sur chine volant.

9°. Suite de 13 eaux-fortes avec la lettre grav. par Hédouin, Flameng, Courtry, Laguillermie, Lefort, portrait de La Fontaine, par Flameng.

10°. Suite de 10 gravures sur acier, d'après Staal.

11°. Suite de 12 gravures de Bergeret, sur pap. blanc avant la lettre.

12°. Suite de 12 gravures in-8 de Percier.

13°. 6 lithographies in-4 en couleurs, de F. Bouchot.

14°. 3 gravures sur Chine, avant la lettre, dess. et grav. par Allès.

15°. 2 gravures sur Chine avant la lettre. dess. et grav. par Girardet.

16°. 8 gravures de Tony Johannot, sur Chine avant la lettre.

17°. 4 gravures de Devéria à l'état d'eaux fortes. — Les mêmes sur Chine avant la lettre.

18°. 1 vignette par H. Dupont, sur Chine avant la lettre.

19°. 1 gravure de Metzmacher, d'après P. Baudry.

20°. 1 gravure sur Chine volant, grav. à l'eau-forte en 1er état, par Ed. Hédouin. — La même en 2e état.

21° 1 gravure d'après Cochin, 1761, grav. J.-J. Flipart (*remontée*).

22°. 1 vignette d'après Desenne grav. par H. Dupont, 1812.

23°. 2 vignettes, sur Chine, non signées.

ENSEMBLE 458 PIÈCES.

153. LA FONTAINE. Suite d'estampes d'après Lancret, Pater, Eisen, Boucher, etc., pour illustrer les Contes de La Fontaine, gravées au burin par Depollier aîné, 38 planches in-4 et 2 vign. grav. en taille douce. *Paris, J. Lemonnyer*, 1885, in-4 en feuilles.

Epreuves en premier état, eaux-fortes pures, sur Japon impérial, en noir. — La même suite, en 3e état. Epreuves terminées avant la lettre et avec le nom de l'artiste à la pointe sèche.

Ensemble 80 pièces.

154. LA FONTAINE. Suite des six Estampes dessinées et gravées au trait par J.-H. Ramberg, pour illustrer les contes de La Fontaine, collection complète. *Paris, J. Lemonnyer*, 1884, in-4 en feuilles, avec couv. impr.

Epreuves avant la lettre, en noir sur papier du Japon.

155. LA FONTAINE. Suite de 40 eaux-fortes d'après Fragonard, Lancret, etc., pour illustrer les Contes. *Paris, Lemerre*, gr. in-8 en carton.

Epreuves sur Chine, avant lettre.

156. LAMARTINE (A. de). Chant du Sacre ou la veille des armes. *Paris, Urbain Canel et Baudoin frères*, 1825, in-8, titre avec ornem. et fleuron en couleur, br.

Edition originale, avec la couverture.

157. LARCHEY (Lorédan). Correspondance intime de l'armée d'Egypte, interceptée par la croisière anglaise, introduction et notes. Front. à l'eau-forte de Ulm. *Paris, Pincebourde*, 1866, in-16, pap. de Hollande, cart. demi-mar. rouge, non rog. *(Raparlier)*.

158. LARCHEY (L.). Les Excentricités du langage, cinquième édition toute nouvelle. *Paris, Dentu*, 1865, in-12, eau-forte gr. sur Chine, br., couv.

Envoi autographe de l'auteur.

159. LATOUCHE (H. de). Fragoletta. Naples et Paris en 1799. *Paris, Levavasseur et U. Canel*, 1829, 2 vol. in-8, dem.-rel. dos et coins de mar. r., dos ornés, fil., tête dor., n. rog. *(Allô)*.

Edition originale. — Bel exemplaire.

160. LATOUCHE (H. de). La Reine d'Espagne, drame en cinq actes, représenté une seule fois sur le théâtre français (5 novembre 1831). *Paris, Levavasseur*, 1831, in-8, demi-rel. dos et coins de mar. r., n. rog. *(Allô)*.

Edition originale, avec la couverture. — Portrait de Monrose dans le rôle de Charles II, lith. par Barathier.
Cassure à l'angle du faux-titre et du dernier feuillet.

161. **LE CLERC** (Séb.). **Figures à la mode**, à Mgr le Duc de Bourgogne, par S. Le Clerc. *Paris, Audran, s. d.*, in-12 obl., mar. bl. jans., dent. int., tr. dor. *(Chambolle-Duru)*.

Recueil de 16 pièces.
Les planches 15 et 16 ne sont pas numérotées, ce sont des épreuves non terminées.

162. LEMERCIER DE NEUVILLE (L.). Théâtres des Pupazzi. *Lyon, N. Scheuring*, 1876, in-8, pap. teinté, portr. et vign. demi-rel. dos et coins de mar. r., dos orné, tête dor., n. rog., couv. ill.

163. LE MÉTEL D'OUVILLE. La Coiffeuse à la Mode, comédie. (*Suivant la copie imprimée à Paris*, 1649, pet. in-12, mar. r., dos orné. fil., dent. int., tr. dor. *(Hardy)*.

Willems, n° 654.
Exemplaire rogné en tête. — Hauteur 124 mill.

164. LEMOYNE (André). Les Charmeuses et les Roses d'An-

tan, précédées d'une étude par Jules Le Vallois, et eaux-fortes de L. de Bellée, Delaunay, H. Dubois, Feyen-Perrin, Leconte, J. Laurens, Alfred Méry. *Paris, Firmin Didot frères, fils et Cie, s. d.*. in-8, papier vergé, broché.

Avec la couverture.

165. LENOIR (Alb.). Statistique monumentale de Paris. *Paris, Impr. impér.*, 1867, 1 vol. de texte, in-4 et 2 vol. de pl. gr. in-fol., dem.-rel., mar. vert, tête dor., n. rog. pl., mont. sur onglets.

166. LE PERCHE. L'Exercice des armes ou le maniement du fleuret... *Paris, N. Bonnart, s. d.*, in-4 obl., texte et fig. gravés, demi-rel. bas.

167. LE POITEVIN. Les Diables de lithographies. *Paris, Aumont, s. d.*, gr. in-4 obl. de 12 pl., demi-rel. dos et coins de perc., couv. *(Légères mouillures.)*

168. LE TOURNEUR. Lettres portugaises, 3e édition, avec les Imitations en vers par Dorat. *Paris, Delance*, 1807, in-12, figure par Monnet, gr. par Delaunay,demi-rel.mar. r., n. rog.

169. LETTRES GRECQUES de Mme Chénier, précédées d'une étude sur sa vie, par Robert de Bonnières, illustrations de G. Dubufe fils. *Paris, Charavay frères*, 1879, in-8, fig. cart. satin, non rog.

Exemplaire sur papier de Chine.

170. LIÈVRE (Ed.). Les Collections célèbres d'Œuvres d'art, dessinées et gravées d'après les originaux, par Edouard Lièvre. Textes historiques et descriptifs par MM. F. de Saulçy, Melchior de Vogué, Clément de Ris, Paul Mantz, A. Jacquemart, E. du Sommerard et autres, etc. *Paris, Goupil et Cie*, 1866, in-fol. pl. (50), demi-rel. dos et coins de chag. r., n. rog.

171. LIVRE (Le). Revue mensuelle du monde littéraire, rédacteur en chef : M. Octave Uzanne. *Paris, Quantin*.1880-1886, 7 années en 14 vol. gr. in-8, cart. et en livraisons.

Les années 1880 à 1883, en demi-rel., dos et coins de percaline, n. rog.. couvertures. — 1884 à 1886, en livraisons.

172. **LOUVET DE COUVRAY. Les Amours du chevalier de Faublas**, troisième édition, revue par l'auteur. *Se vend à Paris, chez l'auteur et chez les Marchands de Nouveautés, an VI de la République* (1798), 4 vol. in-8, fig., v. marb., dos ornés, tr. dor.

27 figures par Demarne, Dutertre, Mlle Gérard, Marillier, Monsiau

et Monnet, gravées par Baquoy, Choffard, Courbe, Dambrun, Patas, Saint-Aubin, Trière, etc.

Exemplaire sur papier vélin, avec les figures AVANT LA LETTRE AVEC LES NOMS DES ARTISTES A LA POINTE

173. LUCAIN. La Pharsale de Lucain, ou les guerres civiles de César et de Pompée, en vers français par M. de Brebœvf. *Leide. Jean Elzevier*, 1658, pet. in-12, front. gravé, mar. r., fil. à fr., dent. int., tr. dor. (*Duru*).

Willems, n° 827. — Hauteur 129 mill. — Titre taché.

174. LUCIEN, de la traduction de N. Perrot, s[r] d'Ablancourt, avec des remarques sur la traduction, nouv. édit. revue et corrigée. *Amsterdam, P. Mortier*, 1709, 2 vol. pet. in-8, fig. mar. vert, dos, dent. sur les pl., tr. dor. *(Rel. anc)*.

1 frontispice placé dans chacun des volumes, 1 portr. et 12 fig. non sign , dans le genre de Romain de Hooge ou Harrewyn et dont la plupart sont pliées en trois.

175. MADOU. Physionomie de la Société en Europe, depuis le XIVe siècle jusqu'à nos jours, 14 tableaux par Madou. *Bruxelles et Paris, Aubert, s. d.*, gr. in-4, fig., cart. toile *(Mouillures.)*

176. MAGASIN DES ARTS ET DE L'INDUSTRIE. Organe spécial des arts industriels, publ. sous la direction de W. Bavmer et J. Schnorr (Années Ire à VIIe). *Paris, H. Cagnon*, 7 vol. in-4, fig. en cartons.

177. MARIUS (Prosp.). Ronces et Gratte-Culs, ornés de 25 grav. en taille-douce. Préface de Ch. Monselet. *Paris, J. Lemonnyer*, 1884, in-4, demi-rel. dos et coins de mar. vert, dos orné, fil., tête dor., n. rog., couv. ill. (*P. Ruban)*.

L'un des 90 exemplaires tirés sur papier vergé de Holl., avec une deuxième suite des gravures tirées à part en bistre.

178. MARIUS-MICHEL. Suite de 17 planches en couleurs et 1 portrait pour illustrer la reliure de Marius-Michel.

Epreuves in-4 et gr. in 8, sur Japon.

179. MARTIAL (R.). Revue manuscrite des Beaux-Arts, par R. Martial. — Lettre sur le Salon de 1866, in-4 de 23 planches, grav. à l'eau-forte, mar. r. à long grain *(Remboîtage)*.

Exemplaire tiré sur peau de vélin.

180. MARTINET (F.-N.). Histoire des oiseaux peints dans dans tous leurs aspects apparents et sensibles. *Paris*, 1787-1790, 5 vol. in-4 de 1008, planches color., demi-rel.

veau f., tête jasp., n. rog. *(Manque les planches 232 et 770).*

Recueil important de plus de 1,000 planches coloriées au pinceau.

181. MATHIEU (G.). Parfums, chants et couleurs. *Lyon, imprimerie Louis Perrin*, 1873, in-4, texte encadré, broch.

Edition originale avec la couverture. Publié à 40 francs, épuisé.

182. MAUPASSANT (Guy de). Bel-Ami. *Paris, Victor Havard*, 1885, in-12, br.

Edition originale, avec la couverture. Exemplaire sur papier de Hollande.

183. MAUPASSANT (Guy de). Miss Harriet. *Paris, Victor Havard*, 1884, in-12, br.

Edition originale, avec la couverture. Exemplaire sur papier de Hollande.

184. MAUPASSANT (Guy de). Mont-Oriol. *Paris, Victor Havard*, 1887, in-12, br.

Edition originale, avec la couverture. Exemplaire sur papier de Hollande.

185. MAUPASSANT (Guy de). La Petite Roque. *Paris, Victor Havard*, 1886, in-12, br.

Edition originale, avec la couverture. Exemplaire sur papier de Hollande.

186. MAUPASSANT (Guy de). Au Soleil. *Paris, Victor Havard*, 1884, in-12, br.

Edition originale, avec la couverture. Exemplaire sur papier de Hollande.

187. MAUPASSANT (Guy de). Yvette. *Paris, Victor Havard*, 1885, in-12, br.

Edition originale, avec la couverture. Exemplaire sur papier de Hollande.

188. MEILHAC (Henri). Un Petit Fils de Mascarille, comédie. *Paris*, 1859, in-12, broché.

Edition originale avec la couverture.

189. MEILHAC & HALÉVY. Le Menuet de Danaé, comédie-vaudeville. *Paris*, 1861, in-12, broché.

Edition originale avec la couverture.

190. MERÉ. Les Œuvres de M. le chevalier de Meré. *Amsterdam, P. Mortier*, 1692, 2 vol. — Les Œuvres posthumes du Ch. de Méré : de la vraie honnêteté, de l'éloquence, de la

délicatesse dans les choses et dans l'expression, etc. *Amsterdam, P. de Coup*, 1710. Ensemble 3 vol. in-12, 2 front. grav., mar. vert jans., dent. int., tr. dor. (*Chambolle-Duru*).

191. MÉRIMÉE (P.). Carmen. *Paris, Calmann Lévy*, 1884, in-18, frontispice, vignettes et culs-de-lampe par Arcos, mar. bleu, dos orné, fil., dent. int., tr. dor, couv. (*Joly*).

Rare.
Un des 225 exemplaires sur papier vélin contenant le tirage à part du frontispice, des vignettes et des culs-de-lampe en double état, eau-forte et avant la lettre.

192. MÉRIMÉE (P.). Carmen. *Paris, Calmann Lévy*, 1884, in-18, br.

Exemplaire auquel on a ajouté, 1 frontispice et 8 vignettes dessinées par Arcos, gravés par Nargeot.

193. MÉRIMÉE (P.). Notes d'un voyage en Auvergne. *Paris, librairie H. Fournier*, 1838. 1 vol. in-8, demi-rel., dos et coins de maroq. La Vall., non rogné.

194. **METASTASIO**. Opere del signor abate Pietro Metastasio. *Parigi, Vedova Herissant*, 1780-1782, 12 vol. in-4, v. porph., dos ornés, dent int. et sur les pl., tr. dor.

1 portrait par Steiner, gravé par Gaucher, et 59 figures par Cipriani, Cochin, Martini et Moreau, gravées par Bartolozzi, Carmana, Delvaux, Prévost, Saint-Aubin, Simonet, etc (plus deux figures représentant les personnages des comédies de Térence). Bel exemplaire tiré sur grand papier in-4.
Très belles illustrations.

195. MEURER. Carreaux en faïence italienne de la fin du XVe siècle et du commencement du XVIe siècle, d'après les dessins originaux publ. par M. Meurer. *Paris, Quantin*, 1885, gr. in-fol., pl., (24) en chromo, en carton.

196. MIDOLLE. Album du Moyen-Age composé et exécuté par Midolle, gravé et publié à *Strasbourg, par Simon fils, lithographe*, 1836, in-fol., pl. (119), demi-rel. chag. r., non rog.

197. MILTON. Le Paradis perdu, traduction de Chateaubriand, précédé de réflexions sur la vie et les écrits de Milton par Lamartine et enrichie de 25 estampes originales gravées au burin sur acier. *Paris, Bigot et Voisenel* 1855, gr. in-fol., demi-rel. chag. vert, tête jasp., n. rog.

Épreuves tirées sur papier de Chine.

198. MIRABEAU (Mis de). Précis de l'organisation, ou Mémoire sur les Etats provinciaux (4e partie de l'Ami des

Hommes). *S. l.*, 1758, in-4, mar. vert, dos fleurdelisé, fil., tour ouverte et fleur de lis aux angles, armoiries sur les pl., tr. dor. (*Rel. anc.*)

199. **MOLIÈRE**, **Œuvres**, avec des remarques grammaticales, des avestissemens et des observations sur chaque pièce, par M. Bret. *Paris, par la Compagnie des libraires associés*, 1773, 6 vol. in-8. fig., mar. rouge, dos ornés, fil., dent. int., tr. dor. (*Rel. anc.*)

1 portrait d'après Mignard gravé par Cathelin; 6 fleurons sur les titres, par Moreau et 33 figures par Moreau, gravées par Baquoy, de Launay, Duclos, de Ghendt, Helman, Lebas, Legrand, Leveau, Masquelier, Née et Simonet.
Superbe exemplaire, avec les pages 66, 67 et 81 du t. Ier en double.

200. MOLIÈRE. Les Œuvres de J.-B. P. Molière, accompagnées d'une vie de Molière, de variantes, d'un commentaire et d'un glossaire, par Anatole France. *Paris, Lemerre*, 1876-1881, 3 vol. in-8, br.

Un des 25 exemplaires sur Chine.

201. **MOLIÈRE** (J.-B.-P. de). **Œuvres**, illustrations par Jacques Leman, notices par Anatole de Montaiglon. *Paris, J. Lemonnyer*, 1882, fascic. I à XII, in-4, br.

L'un des 125 exemplaires sur papier des Manufactures impériales du Japon, num. à la presse, avec une deuxième suite de toutes les gravures du texte et hors texte tirée à part en *bistre*, et une troisième suite en *sanguine* des 32 grandes compositions hors texte.

202. MOLIÈRE. Suite de 34 estampes pour servir à l'illustration des œuvres de Molière dessinées et gravées à l'eau-forte par Ad. Lalauze. *Paris, Rouveyre et Blond*, gr. in-8 en carton.

L'un des 50 exemplaires sur papier du Japon, épreuves avant la lettre.

203. MOLIÈRE. Trente-trois estampes pour les œuvres de Molière, composées par F. Boucher, réduites et gravées à l'eau-forte par T. de Mare. *Paris, Lefilleul*, 1881, in-4, en carton.

Epreuves sur papier de Hollande, portant la signature de T. de Mare au crayon.
Molière d'après Boucher. — F. Boucher, d'après Cochin. — Laurent Cars, d'après Cochin. — 2 fleurons de Boucher. — 33 fig. du même. — Ensemble 38 pièces.

204. MOLIÈRE. Trente-trois estampes pour les œuvres de Molière, composées par F. Boucher, réduites et gravées

à l'eau-forte par T. de Mare. *Paris, Lefilleul*, 1881, in-4, en carton.

Exemplaire sur papier de Hollande Epreuves tirées en bistre avant la lettre et portant la signature de M. T. de Mare au crayon.

Molière d'après Boucher. — F. Boucher, d'après Cochin. — Laurent Cars, d'après Cochin. — 2 fleurons de Boucher. — 33 fig. du même. — Ensemble 38 pièces.

205. MONNIER (A.). Eaux-fortes et Rêves creux, sonnets excentriques et poèmes étranges, par A. Monnier. *Paris, Willem*, 1873, in-8, br.

Exemplaire sur papier de Chine avec les figures tirées en noir et en bistre.

206. **MONSELET** (Ch.). Fréron ou l'Illustre critique, sa vie, ses écrits, sa correspondance, sa famille, etc. Frontispice à l'eau-forte avec portraits par Ed. Morin. *Paris, Pincebourde*, 1864, in-16, pap. de Hollande, cart. demi-maroq. rouge, non rog. (*Raparlier*)

207. MONTAIGNE. Les Essais, accompagnés d'une notice sur sa vie et ses ouvrages, d'une étude bibliographique de variantes... par E. Courbet et Ch. Royer. *Paris, Lemerre*, 1872, 4 vol. in-8, brochés.

Un des 25 exemplaires sur papier de Chine.

208. MONTESQUIEU. Le Temple de Gnide. *Paris Simart*, 1725, in-12, mar. gren., jans. dent. int., tr. dor. (*Allo*).

Bel exemplaire de l'édition originale de ce petit poème en prose.

209. **MONUMENT DU COSTUME**. Estampes de Freudenberger et de Moreau le jeune, dessinées en 1775-1783, gravées au burin et à l'eau-forte par H. Dubouchet. Textes gravés anecdotiques et explicatifs publiés au XVIIIe siècle en même temps que ces estampes, avec les cadres et les fleurons réduits... par MM. John Grand-Carteret et Phil. Burty. *Paris, L. Conquet*, 1883, 3 vol. in-4, demi-rel., dos et coins de mar. bleu, tête dor., non rog.

Exemplaire tiré sur papier du Japon, avec les figures en quatre états, eaux-fortes pures, épreuves avancées, épreuves non terminées et épreuves terminées tirées sur Chine appliqué.

210. MONUMENT DU COSTUME physique et moral de la fin du XVIIIe siècle ou Tableaux de la vie, ornés de 26 fig. dess. et grav. par Moreau le jeune et par d'autres célèbres artistes. Texte par Restif de la Bretonne, revu et corrigé par Ch. Brunet, préface par Anatole de Montaiglon. *Paris, L. Willem*, 1876, gr. in-fol., fig., demi-rel. chag. r., tête dor. éb.

Tirage à 500 exemplaires numérotés.

211. MOREAU (Hégésippe). Le Myosotis, petits contes et petits vers. *Paris, Desessart*, 1838, gr. in-8, demi-rel., dos et coins de chag. noir.

Edition originale.
Exemplaire très grand de marges, avec le feuillet d'errata qui manque presque toujours

212. MOURAVIT (G.). Le Livre et la petite bibliothèque d'amateur. Essai de critique, d'histoire et de philosophie morale sur l'amour des Livres. *Paris, A. Aubry*, 1869, in-8, papier vélin, cart. perc., n. rog., couv. *(Pierson).*

Rare.

213. MULLER (Eug.). La Mionnette, 28 compositions de O. Cortazzo, grav. à l'eau-forte par Abot et Clapès. *Paris, L. Conquet*, 1885, in-16, papier vélin teinté, br., couv. imp.

214. **MUSSET** (Alf. de). **Œuvres complètes** avec lettres inédites, variantes, notes, index, fac-similé, notice biographique par son frère, édition dédiée aux amis du poète, ornée de 28 dessins de M. Bida et d'un portrait d'Alfred de Musset. *Paris, Charpentier*, 1886, 10 vol. gr. in-8, demi-rel., dos et coins de mar. bleu, dos ornés mosaïque, fil., tête dor., n. rog., couv. *(Champs).*

Bel exemplaire en grand papier de Hollande, avec les figures tirées sur papier de Chine, épreuves avant la lettre, la légende sur papier lilas.

215. MUSSET (A. de). Etude critique et bibliographique des œuvres de Alfred de Musset pouvant servir d'appendice à l'édition dite de souscription. *Paris, Pincebourde*, 1867, gr. in-8, papier vergé de Hollande, demi-rel., dos et coins de chag. bl., fil., tête dor., n. rog., couv.

216. MUSSET (A. de). L'Anglais mangeur d'opium. Traduit de l'anglais de Thomas de Quincey et augmenté par Alfred de Musset, avec une notice par Arth. Heulhard. *Paris, Moniteur du Bibliophile*, 1878, in-4, papier vergé teinté, demi-rel., dos et coins de mar. bl., fil., tête dor., n. rog. (*Champs.*)

217. **MUSSET** (Alf. de). **La Confession d'un enfant du siècle.** *Paris, F. Bonnaire*, 1836, 2 vol. in-8, mar. bl., dos ornés, fil., dent. int., tr. dor. (*Chambolle-Duru.)*

Edition originale. Très bel exemplaire relié sur brochure.

218. MUSSET (Alf. de). Contes d'Espagne et d'Italie. *Paris, Levavasseur et U. Canel*, 1830, in-8, mar. gren., dos orné, fil., dent. int., tr. dor. *(Chambolle-Duru.)*

Edition originale. Très bel exemplaire relié sur brochure.

219. MUSSET (Alf. de). Un Spectacle dans un fauteuil. Poésie. *Paris, Eug. Renduel*, 1833, in-8, demi-rel., dos et coins de mar. bl., dos orné, fil., tête dor., éb. *(Perreau.)*

Édition originale.

220. **MUSSET** (Alf. de). **Un Spectacle dans un fauteuil.** Prose. *librairie de la Revue des Deux-Mondes*, 1834, 2 vol. in-8, v. f., dos ornés, fil., n. rog. (*Bauzonnet*)

Edition originale. — Bel exemplaire.

221. NODIER (Ch.). Histoire du Roi de Bohême et de ses sept châteaux. *Paris, Delangle frères*, 1830, in-8, avec vignettes dans le texte, gravées sur bois par Porret, d'après Tony Johannot, rel. toile, n. rog.

Rare.

222. NOSTRADAMUS (Mich.). Les vrayes centuries et prophéties de maistre Michel Nostradamus... Revües et corrigées suyvant les premières éditions imprimées en Avignon, en l'an 1556, et à Lyon, en l'an 1558 et autres. Avec la vie de l'auteur. *Amsterdam, J Jansson a Waesberge*. 1668, pet. in-12, front. gravé et portr. mar. r., dos orné, encad. pet. fers sur les pl., dent. int., tr. dor. (*Duru et Chambolle-Duru.*)

Willems, nº 1797 : Hauteur 130 millim.

223. NUITTER. Le Nouvel Opéra, par Charles Nuitter, ouvrage contenant 59 gravures sur bois et 4 plans. *Paris, Hachette*, 1875, in-8, br.

Exemplaire sur papier de Chine. Rare.

224. OLD NICK et GRANDVILLE. Petites Misères de la vie humaine. *Paris, H. Fournier*, 1843, in-8 avec 200 vign. sur bois, dont 50 grands sujets tirés à part, demi-rel. mar. viol., tête jaspée.

Premier tirage des épreuves. bonne reliure.

225. ORNEMENTS. Recueil de 42 planches d'ornements arabesques. Trophées. Bordures par Delafosse, Michel, Fay, Duplessis fils, en un vol. in-fol., demi-rel.

226. PARIS. Description des festes données par la ville de Paris à l'occasion du mariage de Madame Louise-Elisabeth de France, et de Dom Philippe, Infant et Grand Amiral d'Espagne, les 29 et 30 août 1739. *Paris, imprim. de P.-G. Le Mercier*, 1740, gr. in-fol. v. marb., dos orné,

large dent. sur les pl., tr. dor. *(Aux armes de la ville de Paris.)*

Sur le titre, beau fleuron de Bouchardon gravé par Soubeyran, 13 planches ou plans dont 8 doubles dessinés par Blondel, Gabriel, Salley et Servandoni et gravés par Blondel, et 22 pl. de texte avec une grande vignette (*la Joûte sur la Seine*, dessinées et gravées par Rigaud. Jolies lettres ornées et gravées.

227. **PARIS. Registres des délibérations** et des procès-verbaux de la seconde Chambre des Requêtes du Parlement de Paris, 5 volumes in-fol. manuscrits, v. br., filets à compartiments.

Ces manuscrits, d'une bonne écriture du temps, portent sur les plats de chaque volume l'inscription suivante : SECONDE CHAMBRE DES REQUÊTES, et sont divisés ainsi qu'il suit :
Du 3 mai 1752 jusqu'au 7 septembre 1752, 1 vol. renfermant 502 pages.
Du 12 novembre 1756 au 6 septembre 1758, 1 vol. renfermant 451 pages.
Du 13 novembre 1758 au 17 mars 1761, 1 vol. contenant 710 pages.
Du 1er avril 1761 au 7 septembre 1761, 1 vol. contenant 578 pages.
Du 12 novembre 1761 au 4 août 1762, 1 vol. contenant 687 pages.

228. PARIS. Souvenirs artistiques du Siège de Paris 1870-1871. Eaux-fortes par Maxime Lalanne. *Paris, Cadart et Luce, s. d.*, gr. in-fol. de 12 pl. demi-rel. v. f., n. rog., couv.

229. PARNES (Roger de). Anecdotes secrètes du règne de Louis XV. Portefeuille d'un Petit-Maître, publ. par R. de Parnes, compositions et dessins de F. Oudart et Le Natur. *Paris, Rouveyre*, 1882, in-8, br., couv. ill.

L'un des 40 exemplaires sur papier Seychall Mill, avec double suite des figures, noire et bistre.

230. PARNES (Roger de). Le Directoire. Portefeuille d'un Incroyable, publ. par R. de Parnes, avec préface par G. d'Heylli, compositions et dessins de J. Le Natur. *Paris, Rouveyre*, 1880, in-8, br., couv. ill.

L'un des 40 exemplaires sur papier Seychall Mitt, avec double suite des figures, noire et bistre.

231. PARNES (Roger de). Gazette anecdotique du règne de Louis XVI. Portefeuille d'un Talon-Rouge, publ. par R. de Parnes, avec préface par G. d'Heylli, compositions et dessins de Mesplès. *Paris, Rouveyre*, 1881, in-8, br., couv. ill.

L'un des 40 exemplaires sur papier Seychall Mill, avec double suite des figures, noire et bistre.

232. PARNES (Roger de). La Régence. Portefeuille d'un

Roué, publ, par R. de Parnes, avec préface par G. d'Heylli. *Paris, Rouveyre*, 1881, in 8, fig., br., couv. ill.

L'un des 40 exemplaires sur papier Seychall Mill, avec double suite figures, noire et bistre.

233. PARNY (de). Poésies érotiques. *A l'Isle de Bourbon*, 1778, pet. in-8, mar. r., dos orné, fil., tr. dor. *(Rel. anc)*.

Exemplaire sur grand papier.

234. PASCAL. Les Provinciales, ou les Lettres écrites par Louis de Montalte à un provincial de ses amis, et aux RR. PP. Jésuites. *Cologne, H. Schouten*, 1738, pet. in-8, mar. r. jans., dent. int., tête éb., n. rog. (*Trautz-Bauzonnet.)*

235. PASCAL. Texte primitif des Lettres provinciales de B. Pascal d'après un exemplaire in-4 (1656-57) où se trouvent des corrections en écriture du temps. Edition contenant toutes les variantes des éditions postérieures. *Paris, Hachette*, 1867, gr. in-8, demi-rel. chag. gren., tête dor., n. rog.

236. PÉRÉFIXE (H. de). Histoire du roy Henry-le-Grand, composée par Messire Hardouin de Péréfixe, évêque de Rodez, ci-devant précepteur du roy. *Amsterdam, Anth. Michiels*, 1661, pet. in-12, mar. r. jans., dent. int, tr. dor. (*Cuzin*).

Willems, n° 1994. — Hauteur 130 mill.

237. PERRAULT. Les contes de Perrault, dessins par Gustave Doré, préface par P.-J. Stahl. *Paris, J. Hetzel*, 1862, gr. in-4 sur papier du Marais, mar. r. à gros grains, dos et pl., encad. de fil., dent. int., doublé de moire verte, tr. dor., pl. mont. sur onglets (*Despierres*).

Épreuves tirées sur Chine avant la lettre.

238. PERRAULT. Les Contes des Fées, en prose et en vers, deuxième édition revue et corrigée sur les éditions originales et précédée d'une lettre critique par Ch. Giraud. *Lyon, Perrin*, 1865, in-8, pap. vergé, portr. et vign., maroq. rouge, dos orné, encad. de fil., dent. int., tr. dor. (*Smeers*).

239. PERRAULT. Les Hommes illustres qui ont paru en France pendant ce siècle, avec leurs portraits au naturel. *Paris, Dezallier*, 1696-1700, 2 tomes en 1 vol. gr. in-fol, v. rac.

Exemplaire bien complet du 1er tirage, avec les portraits de Thomassin et Du Cange.

240. PETIT. Histoire de la Révolution de 1830, orné de 40 lithographies, avec portraits en pied du Roi, des Princes et des principaux Personnages dess. et lith. d'après nature par M. Petit. *Paris*, 1831, demi-rel., dos et coins de mar. r. à long grain, dos orné, fil.

241. PETIT (Victor). Chateaux de France des XVe et XVIe siècles. *Paris, Ch. Boivin, s. d.*, in-4 de 100 pl., cart. toile, fers spéciaux.

242. PIEDAGNEL (Alex.). Hier. *Paris, Motteroz*, 1882, gr. in-8, vign., demi-rel., dos et coins de mar. bl., dos orné, tête dor., non rog. (*P. Ruban*).

Exemplaire sur papier vélin, avec la couverture.

243. POGGE. Les Facécies de Poge, Florentin, traitant de plusieurs nouvelles choses morales. Traduction française de Guillaume Tardif, du Puy-en-Velay, lecteur du Roi Charles VIII. Réimprimé pour la première fois sur les éditions gothiques, avec une préface et des tables de concordance, par M. Anatole de Montaiglon. *Paris, L. Willem*, 1878, in-8, cart., demi-mar. rouge, n. rog.

Exemplaire sur papier de Chine véritable. Tiré à 30 exemplaires sur ce papier. N° 28.
Avec la couverture.

244. **PRISSE D'AVESNES. L'Art Arabe** d'après les monuments du Kaire, depuis le VIIe siècle jusqu'à la fin XVIIIe. *Paris, Vve A. Morel*, 1877, 3 vol. in-fol. de planches en chromolith., lith., taille-douce et héliograv., en cart.

245. PRUDENT DE CHOYSELAT. Discours œconomique, non moins utile que récréatif, monstrant comme de cinq cens livres pour une fois employées, l'un peult tirer par an quatre mil cinq cens livres de proffict honneste.... *Rouen, Menestrier*, 1612, in-12, mar. r., dos orné, fil., tr. dor. (*Rel. anc.*).

246. **RABELAIS**. Œuvres, texte collationné sur les éditions originales avec une vie de l'auteur, des notes et un glossaire. Illustrations de Gustave Doré. *Paris, Garnier frères*, 1873, 2 vol. in-fol., cart. toile r., fers spéciaux, n. rog.

L'un des 200 exemplaires numérotés, sur papier de Hollande, avec les épreuves tirées sur Chine avant la lettre.

247. RABELAIS. Œuvres, précédées de sa biographie et d'une dissertation sur la prononciation du français au XVIe siècle et accompagnées de notices explicatives du texte,

par A. L. Sardou. *San Remo, Gay et fils*, 1874, 3 vol. in-18, portr. et fac-simile, br.

L'un des 20 exemplaires tirés sur Chine.

248. **RACINE**. Œuvres de Racine. *Paris, Claude Barbin*, 1687, 2 vol. in-12, front. et fig. mar. r., dos ornés, fil., dent. int., tr. dor. (*Thibaron*).

249. RAMBERT (Eug.) et Léo Paul ROBERT. Les Oiseaux dans la nature. Description pittoresque des Oiseaux utiles, publ. sous la direction de M. D. Lebet, orné de 60 planches en couleurs, 30 grav. sur bois hors texte et 122 grav. dans le texte, d'après les aquarelles et les dessins de Léo Paul Robert. *Paris, Lebet, s. d* (1880), in-fol. cart. toile verte, fers spéciaux, pl. et texte mont. sur onglets, n. rog.

250. RAYMOND (Élie). La Veilleuse, romans avec une figure à l'eau-forte, par Edouard May. *Paris, Auguste Labot et Charlet Lelong*, 1835, in-8, fig. cart., demi-mar. n. rog. (*Raparlier*).

Edition originale, avec la couverture. Rare.

251. RECUEIL de diverses pièces faites par plusieurs personnes illustres. *La Haye, chez Jean et Daniel Steucker*, 1669, 3 part. en 1 vol. pet. in-12, vél.

La plupart des pièces contenues dans ce rare petit volume sont de Saint-Evremond. Les seconde et troisième parties manquent dans beaucoup d'exemplaires, Celui de M. Lebeuf de Montgermont, relié en maroquin rouge par Thibaron, s'est vendu 235 francs. La partie la plus curieuse de ce recueil est celle intitulée : *Pièces diverses. La Feste de Versailles* du 18 juillet 1668.
Willems, nº 1828. — Hauteur 131 mill.

252. **RECUEIL DES MEILLEURS CONTES EN VERS** par La Fontaine, Voltaire, Vergier, Senecé, Perrault, Moncrif, le P. Ducerceau, Piron, Dorat, etc.) *Londres (Paris, Cazin)*, 1778, 4 vol. in-18, mar. bleu, dos ornés, encad. de fil., dent. int. tr. dor. (*Trautz-Bauzonnet*).

Portrait de La Fontaine et 116 vignettes attribuées à *Duplessis-Bertaux*. Bel exemplaire.

253. REGNIER. Les Œuvres de Régnier, nouvelle édition considérablement augmentée. *A Genève (Cazin)*, 2 vol. pet. in-12, frontispice de Marillier, maroq. rouge, fil., tr. dor. (*Rel. anc.*).

Bel exemplaire.

254. REIMS. Tapisseries de la Cathédrale de Reims. Histoire du roy Clovis (XVᵉ siècle). Histoire de la Vierge (XVIᵉ

siècle. Reproduction en héliogravure par les procédés Goupil et Cie, d'après les clichés de MM. Aug. Marguet et Ad. Dauphinot. Texte par Ch. Loriquet. *Paris et Reims*, 1882, in-fol. pap. vél., en carton.

255. REVUE ANECDOTIQUE des Lettres et des Arts (de l'origine 1855 à 1862). *Paris*, 1855-1862, 8 vol. in-12, demi-rel. v. rose, tête jasp., n. rog.

256. RICHEPIN (J.). Les Blasphèmes, avec un portrait de l'auteur, par E. de Liphart. *Paris, Dreyfous*, 1884, in-4 br., couv.

L'un des 50 exemplaires sur papier impérial du Japon.

257. RICHEPIN (J.). La Chanson des Gueux. *Paris, Dreyfous*, 1885, in-4, br., couv.

L'un des 50 exemplaires sur papier impérial du Japon auquel on a ajouté les pièces supprimées, le portrait de l'auteur à l'eau-forte, par H. Lefort.

258. RICHEPIN (J.). La Mer. *Paris, Dreyfous*, 1886, in-4, br., couv.

L'un des 10 exemplaires sur papier impérial du Japon.

259. RICHEPIN (J.). La Glu. Edition définitive, illustrée d'un dessin original de J. L. Stewart. *Paris, Dreyfous*, 1883, in-12, br., couv.

L'un des 10 exemplaires sur papier de Chine.

260. RICHEPIN (J.). Miarka, la Fille à l'Ourse. *Paris, Dreyfous, s. d.*, in-12, br.

Edition originale, avec la couverture.
L'un des 40 exemplaires numérotés sur papier de Hollande.

261. RICHEPIN (J.). Les Morts bizarres. Edition définitive, entièrement refondue et augmentée. *Parie, Dreyfous, s. d.*, in-12, br., couv.

Exemplaire sur papier de Hollande.

262. RICHEPIN (J.). Le Pavé. *Paris Dreyfous*, 1883, pet. in-12, br., couv.

L'un des 10 exemplaires sur papier Whatman.

263. RIS (Clément de). Les Amateurs d'autrefois. *Paris, E. Plon et Cie*, 1877, in-8, 8 portraits gravés à l'eau-forte, *broché*.

Exemplaire en grand papier.

264. RŒDERER (P.-L.). Mémoires pour servir à l'histoire de la Société polie en France. *Paris, F. Didot frères*, 1835, in-8, demi-veau vert, dos orné.

Envoi autographe de l'auteur au marquis de Marbois.
Ouvrage tiré à petit nombre.

265. ROGEARD (A.). Les Propos de Labienus, par A. Rogeard. *Paris, 9 mars*, 1865, in-8 de 20 pag., demi-rel. maroq. rouge à coins, n. rog.

Publication de la Rive gauche.
Edition originale. Rare.

266. ROSSET (DE). L'Agriculture, poëme. *Paris, de l'imprimerie royale*, 1774, in-4, fig., cart. toile.

2 frontisp. par Saint-Quentin, grav. par Legouaz; 1 fleuron sur le titre et 2 petites vign. ou fleurons dess. et grav. par Marillier, 6 fig. par de Loutherbourg, grav. par de Ghendt, Lingée et Ponce, et 6 vign. de Saint-Quentin, grav. par Hemery, Leveau, Lingée et Ponce.

267. **SAINT-PIERRE** (Bernardin de). **Paul et Virginie**, (suivi de la Chaumière Indienne). *Paris, L. Curmer, 25, Rue Sainte-Anne*, 1838, gr. in-8, port. et fig., demi-rel., dos et coins de veau violet, non rog. (*Ginain*).

Bel exemplaire, figures sur Chine avant la lettre. La légende imprimée sur papier de soie.

268. SAINT-PIERRE (Bern. de). Paul et Virginie, dessins par de la Charlerie. *Paris, Lemerre*, 1868, in-4, texte encadré, cart. toile r., tête éb., n. rog. *(Cart. de l'éditeur)*.

269. SANDEAU (Jules). La Chasse au roman. *Paris, Michel Lévy*, 1849, 2 vol. in-8, demi-rel., dos et coins de mar. bl., tête dor., n. rog. *(Lamardeley)*.

Edition originale, avec les couvertures.

270. SANDEAU (Jules). Valcreuse. *Paris, Descessart*, 1847, 3 vol. in-8, demi-rel. perc., n. rog. (*Lamardeley*).

Edition originale.

271. SARDOU (V.). La perle noire, comédie en trois actes, en prose. *Paris, Michel Lévy frères*, 1862, in-18, br.

Edition originale, avec la couverture.

272. **SARDOU** (V.). Les Vieux Garçons, comédie en cinq actes, en prose. *Paris, Michel Lévy frères*, 1865, in-12, cart., demi-toile, non rog.

Edition originale, avec la couverture.

273. SCARRON. Suite de 17 eaux-fortes, dont 1 portrait pour illustrer le Roman comique de Scarron, peint par Pater et J. Dumont le Romain, réduit et gravé par T. de Mare. *Paris, Rouquette*, 1883, in-4 en feuilles, dans un carton.

Epreuves sur Japon. Etat terminé avant la lettre

274. SCHEUFELEIN (Hans). La Dame des Noces, reproduite par Johannes Schratt et publ. par Edwin Tross avec une

notice biographique sur Hans Scheufelein, par le Dr A. Andresen. *Paris*, *Tross*, 1865, in-fol. pl. (21), cart. toile r., n. rog.

275. SILVESTRE (Arm.). Chroniques du temps passé. Le Conte de l'Archer. Aquarelles de A. Pierson, gravées par Gillot. *Paris*, *Lahure et Rouveyre*, 1883, gr. in-8, cart. demi-mar. gren. à coins, tête dor., n. rog., couv. ill.

276. SILVESTRE (Armand). Poésies (1866-1874). Les Amours, La Vie. L'Amour, avec une préface de George Sand. *Paris*, *Charpentier et Cie*, 1875, in-12. — La Chanson des Heures, poésies, 1874-1878. *Paris*, 1878. — Les Ailes d'or, poésies, 1878-1880. *Paris*, 1880. — Ensemble 3 vol. in-12.

Editions originales.
Exemplaires sur papier de Hollande, avec les couvertures.

277. **STENDHAL** (Henry Beyle). **La Chartreuse de Parme**, réimpression textuelle de l'édition originale, illustrée de 32 eaux-fortes par V. Foulquier, préface de Fr. Sarcey. *Paris*, *L. Conquet*, 1883, 2 vol. gr. in-8, mar. La Vall., dos et pl. ornés de 10 fil. brisés, dent. int., tr. dor., couv. (*Cuzin*).

Superbe exemplaire. L'un des 25 exemplaires tirés sur papier du Japon, contenant 3 états des eaux-fortes, dont l'eau-forte pure.

278. STENDHAL (Henry Beyle). Promenades dans Rome. *Paris*, *Delaunay*, 1829, 2 vol. in-8, vues et plan, demi-rel., dos et coins de perc. r., n. rog.

Edition originale.

279. **STENDHAL** (Henry Beyle). **Le Rouge et le Noir**, réimpression textuelle de l'édition originale, illustrée de 80 eaux-fortes par H. Dubouchet, préface de Léon Chapron. *Paris*, *L. Conquet*, 1884, 3 vol. gr. in-8, mar. rouge, dos et pl. ornés de 10 fil. brisés, dent. int., tr. dor., couv. (*Cuzin*).

Superbe exemplaire. L'un des 25 tirés sur papier du Japon, contenant 3 états des eaux-fortes, dont l'eau-forte pure.

280. STERNE (L.). Voyage Sentimental en France et en Italie, traduction nouvelle par Alfred Hédouin, 6 eaux-fortes par Edmond Hédouin. *Paris*, *Jouaust*, 1825, in-8, br.

L'un des 170 exemplaires sur papier de Hollande.

281\. STERNE. Suite de 6 figures, eaux-fortes pures, gravées par H. Dubouchet d'après Monsiau, pour illustrer le Voyage sentimental. *Paris, Conquet*, in-8 en feuilles.

Epreuves sur Japon blanc, tirage en noir.

282\. STERNE. Suite complète de 6 eaux-fortes dessinées et gravées par Hédouin pour illustrer le Voyage sentimental publié par *Jouaust*, in-8 sur papier du Japon remontées in-fol.

Epreuves d'artistes avec remarques, et envoi autographe à chaque planche, de Hédouin à Léon Gaucherel.

283\. TABARIN. Recueil général des œuvres et fantasies de Tabarin. Contenant ses rencontres, questions et demandes facécieuses avec leurs responses. En ceste édition est adioustée la deuxième partie de ses farces, non encor veues ny imprimées avec les rencontres et fantasies du baron de Gratelard. *Rouen, L. du Mesnil*, 1664, pet. in-12, mar. vert, fil. à fr., dent. int., tr. dor. *(Duru.)*

Willems, nº 1734 : Hauteur 127 millim. Exemplaire provenant de la Bibliothèque de M. R. S. Turner, avec son *ex-libris*.

284\. TAIGNY (Edmond). Mélanges. Études littéraires et artistiques. *Paris, Hachette et Cie*, 1869, in-18, broché.

Exemplaire sur papier de Hollande, non mis dans le commerce.

285\. TEMPLE (Le) des Muses, orné de LX tableaux où sont représentés les événemens les plus remarquables de l'antiquité fabuleuse, dessinés et gravés par B. Picart le Romain et autres habiles maîtres, et accompagnés d'explications et de remarques (par de La Barre de Beaumarchais)... *Amsterdam, Zach. Chatelain*, 1742, gr. in-fol., fig., mar. r., dos orné, fil., tr. dor. (*Rel. anc.)*

286\. THÉATRE remonstrant en XXIV scènes la vie, vertus et miracles du R. P. Gabriel Maria de l'Ordre S. François. *S. l.*, 1642, in-4, titre gravé, portrait et 24 planches en taille-douce, maroq. rouge, fil., tr. dor. *(Thompson.)*

287\. THIBAULT. Poésies du roi de Navarre (Thibault), avec des notes et un glossaire françois (par Levêque de La Ravallière). *Paris, Guérin*, 1742, 2 vol. pet. in-8, fig., mar. bl., dos ornés, fil., dent. int., tr. dor. *(Brany.)*

288\. THIERRY (Aug.). Les récits des temps mérovingiens, avec dessins de J.-P. Laurens, reproduits par le procédé de MM. Goupil et Cie (Fascicules I à III). *Paris, Hachette*, 1881-1883, gr. in-fol. en carton.

L'un des 50 exemplaires sur papier Whatman.

289. THIERRY (Aug.). Les récits des temps mérovingiens, avec dessins de J.-P. Laurens, reproduits par le procédé de MM. Goupil et Cie (Fascicule I). *Paris, Hachette*, 1881, gr. in-fol. en carton.

L'un des 100 exemplaires sur papier de Hollande.

290. TURGOT. Plan de Paris (commencé sous les ordres de Turgot, et achevé en 1739). *Paris*, 1740, gr. in-fol., 21 feuilles, mar. r., dos fleurdelisé, dent. sur les pl., tr. dor. (*Rel. anc. aux armes de la ville de Paris.*)

291. UZANNE. Anecdotes sur la comtesse Du Barry, documents sur les mœurs au XVIIIe siècle, pub. par Octave Uzanne avec préface et index, et eaux-fortes de Lalauze et Gaujean. *Paris, Quantin*, 1880, gr. in-8, front. en deux couleurs, br., couv.

Exemplaire sur papier de Hollande auquel on a ajouté 2 épreuves du frontispice en deux états différents.

292. UZANNE (O.). Le Bric-à-Brac de l'amour, préface par J. Barbey d'Aurevilly. *Paris, Rouveyre*, 1879, in-8 écu, pap. vergé, imprimé en deux couleurs bleu flore et rouge minéral, front. gravé à l'eau-forte, par Ad. Lalauze, demi-rel. dos et coins de mar. vert, tête dor., n. rog., couv. ill. (*Pagnant.*)

293. UZANNE (O.). Le Calendrier de Vénus. *Paris, Rouveyre*, 1880, in-8, papier vergé de Hollande, front. gravé à l'eau-forte par Perret, cart. demi-mar. r. à coins, n. rog., couv. ill.

294. UZANNE (O.). Caprices d'un Bibliophile. *Paris, Rouveyre*, 1878, in-8, papier vergé de Hollande, front. gravé à l'eau-forte par Ad. Lalauze, cart. demi-mar. vert à coins, n. rog., couv. ill. (*Carayon.*)

295. UZANNE. La Gazette de Cythère, documents sur les mœurs au XVIIIe siècle, pub. par Octave Uzanne, avec notice historique et eaux-fortes de Gaujean. *Paris, Quantin*, 1881, gr. in-8, front. en deux couleurs, br., couv.

Exemplaire sur papier de Hollande auquel on a ajouté 2 épreuves du frontispice en deux états différents.

296. VERTOT (l'abbé de). Histoire des révolutions de Portugal. *Paris, Mich. Brunet*, 1711, in-12, front. gr., mar. r. jans., dent int., tr. dor. (*Cuzin.*)

297. VIEN (Joseph). Caravane du sultan à la Mecque. Mascarade Turque donnée à Rome par MM. les pensionnaires de l'Académie de France et leurs amis au Carnaval de l'année 1748, dédiée à Messire Jean François de Troy, écuier, conseiller-secrétaire du Roi. *Paris, chez Fessard* (1768), in-4, cart. Bradel, n. rogné.

Recueil rare composé d'un titre front. et 30 pl. dessinés et gravés à l'eau-forte par J. Vien.

298. VIGNY (Alf. de). Le More de Venise, Othello, tragédie, trad. de Shakspeare en vers français. *Paris, Levavasseur et U. Canel*, 1830, in-8, cart. perc., n. rog.

Édition originale, avec la couverture. Portrait d'Alfred de Vigny, ajouté.

299. VIRGILLE VIRAI EN BORGUIGNON. *At Dijon, chè Anthone de Fay, imprimeur*, 1718-1719-1720, 3 parties en 1 vol. in-12, d.-rel. maroq. La Vallière (*Simier*.)

Rare.

Le premier livre de cettre traduction, imprimé en 1718 est de Pierre Dumay, conseiller au Parlement de Dijon. Le second livre imprimé en 1719, est du même Pierre Dumay, jusqu'au 336e vers : Le reste est l'œuvre de l'abbé Paul Petit. Ce troisième livre s'arrête à la page 24, il n'en a pas été imprimé d'avantage.

Cet exemplaire contient un fragment du 4e livre, imprimé à quelques exemplaires seulement.

300. VOGUÉ (Eug. Mechior de). Histoires d'hiver. *Paris, Calmann Lévy*, 1885, in-18, br.

Exemplaire auquel on a ajouté, 1 frontispice et 10 vignettes dessinés par de Sta et Martin, gravés par A. Nargeot.

301. VOLTAIRE. Romans de A. de Voltaire. *Paris, Jouaust*, 1878, 5 vol. in-8, eaux-fortes par Laguillermie, demi-rel. dos et coins de mar. vert, tête dor., n. rog., couv. *(Champs.)*

L'un des 170 exemplaires sur papier de Hollande, auquel on a ajouté, une suite de 21 eaux-fortes d'après Monnet et Marillier, gravées par L. Monziès.

302. VOLTAIRE. Les Vous et les Tu, épître de M. de Voltaire, ornée de lithographies à la plume par Fraipont. *Paris*, 1883, plaquette gr. in-8, br., couv.

Exemplaire sur papier du Japon.

303. **VOYAGE OU IL VOUS PLAIRA**, par Tony-Johannot, Alfred de Musset et P.-J. Stahl. *Paris, J. Hetzel*, 1843, in-4, fig., cart. toile, n. rog.

Exemplaire de premier tirage.

304. WALDOR (Mme Mélanie). Poésies du Cœur. *Paris*, 1835, 1 vol. in-8, cart., non rog.

Edition originale.

305. WALLON. Saint Louis, par H. Wallon. *Tours, Mame*, 1878, in-4, br.

Exemplaire en grand papier de Hollande. — Illustrations en chromolithographie. — Reproduction d'anciens manuscrits, eaux-fortes, figures dans le texte, etc., etc.

306. WATELET. L'Art de peindre, poëme, avec des réflexions sur les différentes parties de la peinture. *Paris, Guérin*, 1760, in-4, fig., v. marb.

307. WILSON. Collection de M. John W. Wilson, exposée dans la galerie du Cercle artistique et littéraire de Bruxelles, au profit des pauvres de cette ville. *Paris, impr. de J. Claye*, 1873, gr. in-4, demi-rel. dos et coins de mar. bl , dos orné, fil, tête dor.

68 eaux-fortes d'Hédouin, Lalauze, Léop. Flameng, Courtry. etc. Exemplaire sur papier vélin.

308. YRIARTE (Ch.). Les Bords de l'Adriatique (Venise, l'Istrie, le Quarnero, la Dalmatie, le Monténégro et la Rive italienne). *Paris, Hachette*, 1878, gr. in-4, demi-rel., chag. r., pl. toile, fers spéciaux, tr. dor.

309. ZOLA (E.). Nana. *Paris, Charpentier*, 1880, in-12, br.

Edition originale, avec la couverture.
L'un des 365 exemplaires numérotés sur papier de Hollande.

EN SOUSCRIPTION

POUR PARAITRE EN JANVIER 1888

RACONTARS ILLUSTRÉS

D'UN

VIEUX COLLECTIONNEUR

PAR

CHARLES COUSIN

Auteur du *Voyage dans un Grenier*

VICE-PRÉSIDENT DE LA SOCIÉTÉ DES « AMIS DES LETTRES »

BOUQUINS, FAIENCES, TABLEAUX, DESSINS, AUTOGRAPHES

Un volume in-4 Jésus de 350 pages

SUR PAPIER IMPÉRIAL DU JAPON

Imprimé pour le Texte, les Autographes et les Chromotypies
sur les presses de L. Danel, de Lille.

Pour les Figures en taille-douce et les Photogravures
sur les presses de la Maison Quantin.

CINQUANTE PLANCHES HORS TEXTE

ET

Nombreux Dessins originaux dans le texte.

IL A ÉTÉ TIRÉ DE CET OUVRAGE 650 EXEMPLAIRES FORMAT IN-4 JÉSUS

EN TROIS ÉDITIONS

Édition à 500 exemplaires, en un volume à . . . . 150 fr.

Édition à 100 exemplaires, en deux volumes, à. . . 300 fr.

Cette édition contient, en outre un Supplément et des Notes, un grand nombre d'autographes, des états spéciaux, des eaux-fortes et « trois tirages successifs » des chromotypies, qui ne se trouvent pas dans l'édition en un volume.

Édition à 50 exemplaires, en deux volumes à. . . . 500 fr.

Cette édition contient en outre « sept tirages successifs » des chromotypies, un grand nombre d'eaux-fortes du premier état — eaux-fortes pures — plusieurs planches tirées à la sanguine — et quelques additions au texte. Le nom du souscripteur sera imprimé sur la première page, et les deux volumes seront revêtus d'un cartonnage élégant, entièrement inédit.

Nota. — L'Editeur a l'honneur de rappeler à cette occasion aux Curieux qui désireront s'assurer un des exemplaires de luxe des « Racontars », que le « Voyage dans un Grenier », du même auteur, qui a valu à la maison Danel, de Lille, une des quatre médailles d'or destinées à la typographie par le Jury de l'Exposition de 1878, était épuisé avant l'apparition du livre chez les éditeurs Morgand et Fatout, pour toute la série des exemplaires à cent, cent cinquante, deux cents et trois cents francs.

Ce premier essai de M. Charles Cousin, sur lequel la maison Danel n'avait rien voulu gagner, avait coûté 25,000 fr. à son auteur. Exécutés aux mêmes conditions amicales, les « Racontars » lui coûtent environ le triple.

Soixante-quinze mille francs ! La note seule de Mitsui pour le papier de l'édition dépasse seize mille francs.

Le Toqué, c'est le nom que l'auteur se donne dans son premier essai et dans celui-ci, a bien voulu communiquer à son éditeur une lettre que venait de lui adresser le premier lecteur des « Racontars », un de nos écrivains les plus illustres, membre éminent de l'Académie française.

Nous ne le nommerons pas, nous avons indiscrètement pris copie de sa lettre et, dût le Toqué nous accuser de trahison, nous en donnons ici un extrait :

« ..... Mon cher, je trouve que ce livre magnifique est un trésor à « tous égards. Tu m'y as donné une place si amicale et si glorieuse que « je suis un peu gêné pour te dire ce que j'en pense. La partie typogra- « phique et artistique est évidemment incomparable : mais le texte est « pour moi d'un intérêt charmant, attachant et même passionnant. C'est « d'un entrain qui vous saisit et vous emporte et avec cela, plein de « choses curieuses, amusantes, touchantes, dites avec un esprit qui dé- « borde, libre et joyeux et sain, une belle humeur gauloise et un bon ton « de seigneur.

« Merci encore, cher ami, de m'avoir assuré une petite immortalité par- « ticulière dans ce monument de l'art typographique et chromotypique, « et surtout dans cette œuvre exquise et unique d'une lettre du plus vif « esprit et du plus haut goût. C'est avec une émotion véritable, cher ami, « que je reçois ce témoignage et que je t'embrasse. »

EN SOUSCRIPTION

Pour paraître en Février 1888

MÉMOIRES DU COMTE DE GRAMMONT

PAR

HAMILTON

Edition de grand luxe illustrée de 1 portrait de A. Hamilton et 33 dessins de C. DELORT (11 grandes compositions 11 en-têtes et 11 culs-de-lampe) gravés au burin et à l'eau-forte par BOISSON.

TEXTE REVU SUR L'ÉDITION DE 1792

Un volume in-octavo jésus, imprimé par Chamerot en caractères elzéviriens neufs, sur papier vélin à la cuve des papeteries du Marais fabriqué spécialement pour cette édition, et papier du Japon impérial.

IL SERA TIRÉ

Un exemplaire *unique* sur Hollande, destiné à accompagner les dessins originaux de C. Delort et les épreuves d'artiste de Boisson. — Prix. . . . . 10,000 fr.

Sept cents exemplaires comme suit :

Nos 1 à 30 — 30 sur papier vélin ou sur Japon, avec 3 états des planches . . . . *Souscrits.*

31 à 100 — 70 sur papier vélin ou sur Japon, *au choix du souscripteur*, avec 2 états des planches dont le tirage à part de toutes les illustrations avant toute lettre. — Prix . . *Souscrits.*

101 à 200 — 100 sur papier vélin ou Japon, *au choix du souscripteur*, avec un seul etat des planches (nom des artistes à la pointe) . . *Souscrits.*

201 à 700 — 500 sur papier vélin du Marais, avec un seul état des planches (noms des artistes en caractères romains) . . . . 100 fr.

Nota. — *Les* 200 *premiers exemplaires numérotés de* 1 *à* 200 *seront illustrés spécialement :* 1° *d'un fleuron de titre gravé par Boisson d'après C. Delort*; 2° *d'un fleuron de couverture également d'après C. Delort, par Boisson.*

Arras. — Imp. Vve Schoutheer-Dubois, rue des Trois-Visages, 53.

www.ingramcontent.com/pod-product-compliance
Ingram Content Group UK Ltd.
Pitfield, Milton Keynes, MK11 3LW, UK
UKHW021505260726
13993UKWH00004B/1568